胡适游记

胡适 著

中国文史出版社

图书在版编目（CIP）数据

胡适游记／胡适著. --北京：中国文史出版社，2020.9

（名家游记）

ISBN 978-7-5205-2223-6

Ⅰ.①胡… Ⅱ.①胡… Ⅲ.①游记-作品集-中国-现代 Ⅳ.①I266.4

中国版本图书馆 CIP 数据核字（2020）第 166509 号

责任编辑：李军政

出版发行：**中国文史出版社**

社　　址：北京市海淀区西八里庄路 69 号　　邮编：100142

电　　话：010-81136606　81136602　81136603　81136605（发行部）

传　　真：010-81136655

印　　装：北京新华印刷有限公司

经　　销：全国新华书店

开　　本：720×1020　1/16

印　　张：8.75

字　　数：83 千字

版　　次：2021 年 1 月北京第 1 版

印　　次：2021 年 1 月第 1 次印刷

定　　价：38.00 元

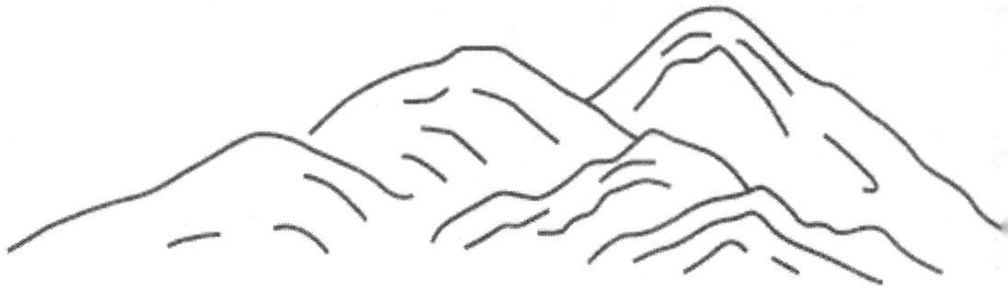

目录

波士顿游记

九月二日出游。余本拟不赴今年学生年会，惟曾与美人金君（Robert W. King）约偕游波士顿，若迳往波士顿而不赴年会，于理殊未当，故决留年会二日，会终始往波城。

下午五时三十分离绮色佳。时大雨新霁，车行湖之东岸，日落湖之西山，黑云蔽之，久之见日。云受日光，皆作赤色。日下而云益红，已而朱霞满天半，湖水返映之，亦皆成赤色。风景之佳，真令人叹绝。在瓦盆换车，至西雷寇换坐夜车，至翌晨七时至春田，换车至北汉登，又换车至安谋司，即年会所在地也。

三日为年会之第六日。赴议事会，余被选为明年《学生英文月报》主笔之一。先是余决计明年不再与外事，故同学欲余出为明年学生会东部会长，余坚拒之。此次不早赴会，其中一原因，即欲避此等外务耳。不意前日《月报》总主笔邝君忽以电询，欲余为主笔之一，任国内新闻事。余深思之，念《月报》关系重大，而余亦可借此实习英文，故以电允之。再为冯妇，思之可笑。

到会者凡百十八人，而女子仅二十四人，为历年所未有。旧相识中如郑莱、胡宣明、张彭春、魏文彬、宋子文皆在，余亦多旧交。

康乃尔诸同学此次赴会处处都出人头地，运动会则康校同人得百分之六十九分，他校皆瞠乎其后，中文演说则杏佛第一，题为《科学与中国》，游戏则康校同人所演谐剧《挂号信》（赵元任编）得最上赏。

十年前，有中国学生若干人会于安谋司城斐林先生（Henry D. Fearing）之家，始发起中国留美学生会。第一、二次年会皆在斐林先生之家。今年为十年纪念，故重至此地。先生老矣（八十三岁），而爱中国人之心尤盛。每年学生年会虽远，先生必往赴之，十年如一日。昨日为十年庆典，学生会以银杯一赠先生为纪念。

下午与胡宣明君闲步，谈极畅，与郑莱君谈极畅，二君皆留美学界之杰也。吾常谓："凡人不通其祖国语言文字者，必不知爱其国，必不能免鄙俗之气。"此二种成见，自吾友二君以来，皆除消尽矣。二君皆不深通汉文，而英文皆极深。其人皆恂恂有儒者气象，又皆挚爱祖国。二君皆有远识，非如留学界浅人，但顾目前，不虑久远也。宣明习医，明年毕业，志在公共卫生行政。郑君习政治，已毕业哈佛大学，今专治财政。

广东前教育司钟君荣光亦在此。钟君自第二次革命后出亡，今留此邦，拟明年入哥伦比亚大学习教育。钟君志士也，与余谈，甚相得。其言曰：“吾曹一辈人（指今日与君年事相若者）今力求破坏，岂得已哉？吾国今日之现象，譬之大厦将倾。今之政府，但知以彩纸补东补西，愈补而愈危，他日倾覆，全家都有压死之虞。吾辈欲乘此未覆之时，将此屋全行拆毁，以为重造新屋之计，岂得已哉？惟吾一辈人，但能拆毁此屋，而重造之责，则在君等一辈少年人。君等不宜以国事分心，且努力向学，为他日造新屋之计。若君等亦随吾一辈人之潮流而漂流，则再造之责，将谁赖哉？”其言甚挚切。钟君甚许我所著《非留学篇》，谓“教育不可无方针，君之方针，在造人格。吾之方针，在造文明。然吾所谓文明，固非舍人格而别觅文明，文明即在人格之中，吾二人固无异点也”。

夜为年会年筵，极欢。

四日晨，赴习文艺科学生同业会（Vocational Conference of the Arts and Sciences Students）。郑君莱主席，先议明年本部同业会办法。众推举余为明年东部总会长，力辞不获，允之，又添一重担子矣。胡君宣明读一文，论《国家卫生行政之必要及其办法之大概》，极动人。其办法尤井井有条。

麻省工业大学周厚坤君新发明一中文打字机，郑君请其来会讲演。其法以最常用之字（约五千）铸于圆筒上，依部首及画数排好。机上有铜版，可上下左右推行，觅得所需之字，则铜版可推至字上。版上安纸，纸上有墨带。另有小椎，一击则字印纸上矣。其法甚新，惟觅字颇费时。然西文字长短不一，长者须按十余次始得一字，今惟觅字费时，既得字，则一按已足矣。吾国学生有狂妄者，乃至倡废汉文而用英文，或用简字之议。其说曰：“汉文不适打字机，故不便也。”夫打字机为文字而造，非文字为打字机而造者也。以不能作打字机之故，而遂欲废文字，其愚真出凿趾适履者之上千万倍矣，又况吾国文字未必不适于打字机乎！

宣明告我：有祁暄者，居纽约，官费为政府所撤，贫困中苦思为汉文造一打字机。其用意在于分析汉字为不可更析之字母（如“一”“口”“子”之类）约百余字为字纽，仿西文打字机之法，以此种字纽铸模而拼合打印。“女”“子”为“好”，“糸”“糸”“言”“金”为“鑾”之类。此意固佳，惟大不易。其难处在于吾国之字形每字各占一方。“一”字所占地与“鑾”等。一字各分子又无定位，“鑾”字中之“言”字，与“信”“言”“读”“誓”“獄”嶽之“言”字，所占地位，无一同者，则机上至少须有七种“言”字之模矣。不知祁君何以救此缺陷也？

夜在会之女子开一欢迎会，极欢。女子中有数人尤倜傥不凡，如廖、李（美步）、江诸女士，皆其尤者也。

夜已卧矣，郑君来访，乃起坐与谈，至夜半一时许始别。所谈为家庭、婚姻、女子之位置、感情与智识，多妻诸事。郑君自述其逸事，甚动人。

五日，年会终矣。去安谋司赴波士顿。道中游唐山（Mt. Tom）。登唐山之楼，可望见数十里外村市。楼上有大望远镜十余具，分设四围窗上，自镜中望之，可见诸村中屋舍人物，一一如在目前。此地去安谋司不下二十里，而镜中可见安谋司学校之体育院，及作年会会场之礼拜堂。又楼之东可望东汉登城中工厂上大钟，其长针正指十一点五十五分。楼上又有各种游戏之具，有凸凹镜无数，对凸镜则形短如侏儒，对凹镜则身长逾丈。楼上有题名册，姓氏籍贯之外，游人可随意题字。余因书其上曰：

危楼可望山远近，幻镜能令公短长。
我登斯楼欲叹绝，唐山唐山真无双。

车中念昨日受二人过分褒许，一为郑君莱，称余为留美学界中之最有学者气象者，一为邝君，称余为知国内情形最悉者。此二赞语皆非也，过当之誉，其害过于失实之毁，余宜自励以求能消受此誉也，否则真盗虚声矣。

至春田（Springfield），入一中国饭馆午餐，久不尝祖国风味矣。

至波士顿，天已晚。以车至康桥（Cambridge），赁屋已，回波士顿。至上海楼晚餐，遇中国学生无数。

六日，星期，晨至耶教医术派教堂（The First Church of Christ Scientist）瞻礼。耶教医术派者，晚近新兴教派之一，创之者为哀的夫人（Mrs. Mary Baker Eddy）。其术以为世界万境，都由心造，病痛苦孽，亦原于心，但能诚心信仰，百病自除，故病者不服药饵，但令洗心信仰。其术亦间有验者。信者颇众，今其徒遍国中，哀的夫人坐致巨赀，死后遗赀造此教堂，宏丽庄严，其大可容五千余人。是日来礼拜者不下四千五百人也。此教堂与众特异者有三事焉：

一、星期日礼拜无有讲演（Preaching）。其所有讲演，惟择《新约》或《旧约》数篇，与哀的夫人所著《科学与健康》数节，参错宣读而已。其所宣读，每日皆有一定章节，由波士顿总会选定，刊布各地分会，故今日此间所读，与绮色佳“耶医”教堂所读，丝毫不异也。此种办法，以选读代讲演，有大病焉：曰，不能感人，不能深入人心也。以留声机器为之，何以异是？奚必仆仆来教堂中听人宣读也？

二、讲坛上有男女牧师各一人互相助，其男牧师读经文毕，则其女牧师接读哀的夫人书。男女平权之说，今乃见于教宗礼拜之堂，反观保罗所谓“女子不冠，不得入礼拜之堂”之说，而后知古今之相去远矣。此盖有二因：一以创此宗派者为一妇人；二则此派创于十九世纪之末叶，平权之说已深入人心矣。

三、教堂中每礼拜日所讲题，大率多与他宗派异其题旨，既不论教宗信条（doctrines），亦不注重人生伦理。即以七、八、九，三月中十三次论题观之：

（1）God（上帝）　　（2）Sacrament（圣餐）

（3）Life（生命）　　（4）Truth（真理）

（5）Love（爱）　　（6）Spirit（神）

（7）Soul（灵魂）　　（8）Mind（心）

（9）Jesus（耶稣）　　（10）Man（人）

（11）Substance（物）　　（12）Matter（质）

（13）Reality（真际）

其所论者大抵皆谈玄说理，乃哲学之范围，而非宗教之范围也。颇怪此宗派为耶氏各派中之最近迷信者。其以信仰治病，与道家之符箓治病何异？而此派之哲学，乃近极端之唯心派，其理玄妙，非凡愚所能洞晓。吾国道教亦最迷信，乃以老子为教祖，以《道德经》为教典，其理玄妙，尤非凡愚所能洞晓。余据此二事观之，疑迷信之教宗，与玄奥之哲理，二者之间，当有无形之关系。其关系为何？曰，反比例是也。宗教迷信愈深，则其所附会之哲学愈玄妙。彼昌明之耶教、孔教，皆无有奥妙难解之哲理为之根据也（此仅余一时臆说，不知当否？）。

归途至波士顿公家藏书馆。馆成于一八八五年，建筑费二百三十六万金。馆长二百二十七尺，广二百二十五尺。建筑式为意大利“复兴”时代之式，质直而厚重。馆中藏书一百余万册，任人观览，不取资。馆中墙上图画皆出名手，其尤著者为萨经（John Sargent）、谢范赉（Puvis de Chavannes）

之笔。

出图书馆，至上海楼午餐。后至公园小憩，公园甚大，园中雀鸽盈千，驯顺不畏人。余与同行者市花生果去壳投之，雀鸽皆群集争食。鸽大而行缓，雀小而目利飞捷，往往群鸽纷争时，一雀伺隙飞下攫食去。同行张君智以果徐引之，群鸽皆随之行，至余等坐处，君坐而饲之，群鸽蹀躞其前，状若甚得。君置食掌上，群鸽亦就掌上取之，不畏也。已而君与之戏，以两指坚持花生，群鸽屡啄不能攫去，愤其受欺也，则一怒群飞去。余后以食投之则下，置掌中则终不下矣。余谓张君，鸽为子所欺，今不复下矣。张君不信，以为余不善诱致之，乃亲饲之，亦然。余为思《列子》“狎鸥”之章。

游美术馆（Art Museum），此馆全由私人募集而成。建筑之费，至二百九十万金。全馆分八部：曰埃及部，希腊罗马部，欧洲部，中国日本部，油画部，印本部（印本者〔Prints〕，原本不可得，但得其印本，亦有极精者），铸像部（铸像者〔Casts〕，不能得雕刻物之真迹，但铸模以土范之，与原物无异），藏书部。其油画部颇多真迹。其近代各画尤多佳者。其中国部范宽一画，及宋徽宗缫丝图真迹（幅甚长），真不可易得之宝物。其日本部尤多佳作。东方钟鼎，甚多佳品。其古镜部，尤多工致之品。

是夜晚餐后，复至藏书馆，欲观其所藏中国书籍。馆中人导余登楼，观其中国架上书，乃大失所望。所藏书既少，而尤鲜佳者，《三国演义》《今古奇观》《大红袍》等书皆在焉。

七日以车游康可（Concord）。下车即见第一礼拜堂，爱麦生（Emerson）讲道之所也。循大路行至爱麦生所居屋，门外长松无数，久无居人，守者远出，游人不能入观。闻内有爱氏书室，藏爱氏生平所读书，惜不能入观之。

去此屋约半里许，为女文豪阿尔恪特夫人（Louisa May Alcott）之旧居。阿夫人著书甚富，其所著小说《小妇人》（*The Little Women*），尤风行一世。夫人家贫，自此书出，家顿丰。夫人之夫阿君（A. Bronson Alcott）亦学者。屋后数百步有板屋，为阿君所立“哲学校”，余亦往观之。夫人著书之屋，游人可入观览。余等周览屋中诸室，凡夫人生时之床几箱笼，一一保存。西人崇拜文人之笃，不减其崇拜英雄之心也（依卡莱儿〔Carlyle〕之说，文人亦英雄之一种）。孰谓西人不好古乎？

去阿氏屋不远为霍桑旧屋，名道旁庐（The Wayside），亦不能入观。霍桑（Nathaniel Hawthorne，1804—1864）者，亦此邦文人，著小说甚富。余前读其《七瓴之屋》（*The House of Seven Gables*，见卷五第一四则），其书大抵皆恢奇耸人。

自霍氏屋归，至康可市之来特店（Wright’s Tavern）午餐。此店创于一七四七年，距今百六十年矣。美国独立军兴时，康可市长誓师于此，华盛顿亦尝驻此。

饭后至睡乡丛冢（The Sleepy Hollow，美文豪欧文〔Irving〕有《睡乡记》，此名本此），先觅得霍桑墓，铁阑高数尺围之，阑上青藤未朱，蔽此长卧之文人。去此不数武，即得阿尔恪特氏冢，短碣题名而已，不封不树，朴素如其生时之居。爱麦生坟去此稍远。坟上有怪石，高四尺许。石上有铜碑，刻生死年月（爱氏生于一八〇三年五月二十五日，卒于一八八二年四月廿七日）。石后大树挺生，亭亭高入云际。此树此石，大肖此老生平。墓侧为其妻之墓，亦有石碑志之。文人索虏（Thoreau）之墓亦在此，遍觅不可得。

爱麦生为此邦最大思想家，其哲学大旨，以为天地万物，皆备于我，善恶皆由我起，苟自得于中，何求于外物？人但求自知足矣，天（上帝）即在人人心中，何待外求？爱氏最重卡莱儿，两人终生最相敬爱，两人之思想魄力都有相似处。近人范戴克（Henry van Dyke）曰“爱麦生是一慈祥之卡莱儿，终生居日光之中；卡莱儿是一肃杀之爱麦生，行疾雷骤雨之中”是也。爱麦生思力大近东方（印度）哲学。犹忆其“大梵天”一诗，铸辞命意，都不类欧美诗人。今录其一三两章于此：

Brahma

（1）

If the red slayer think he slays,
Or if the slain think he is slain,

They knew not well the subtle ways,
I keep, and pass, and turn again.

(3)

They reckon ill who leave me out;
When me they fly, I am the wings;
I am the doubter and the doubt,
And I the hymn the Brahmin sings.

以散文译之曰：

(1)

杀人者自谓能死人，
见杀者自谓死于人，
两者皆未深知吾所运用周行之大道者也。

(吾，天自谓也，下同。老子曰：“常有司杀者杀，夫代司杀者杀，是谓代大匠斲。夫代大匠斲者，希有不伤其手者矣。”)

(3)

弃我者，其为计拙也。
背我而高飞者，不知我即其高飞之翼也。
疑我者，不知疑亦我也，疑我者亦我也。
其歌颂我者，不知其歌亦我也。

去睡乡至康可村外之桥，此桥之两岸为独立时战场。康可于独立之役极有关系，不可不详记之。

自一七六三年以后，英国政府对于美洲各属地颇持帝国统治政策。驻防之兵既增，费用益大，帝国政府不能支，乃求之于各属地，于是有印花税之令（一七六五）。各属地群起抵拒，政府无法征收，明年遂罢此税。

一七六七年以有“汤生税案”（Townsend Acts），各属地抗之尤力，至相约不用英货，至有一七七三年十二月十六日波士顿港焚烧茶叶三百四十箱之举，民气之激昂甚矣！

一七七四年，英议院决议闭波士顿之港，废民选之议会，而以委任者代之，又令麻省（Massachusctts）官吏得递解政事犯出境受鞫。此令既下，民气大愤，于是麻省有独立省议会之召。其召也，实始于康可，故议会会于是（一七七四年十月）。麻省议会倡议召集各属地大会议，是为第一大陆议会，后遂为独立联邦之中央政府。

麻省都督为盖箕大将，侦知民党军械火药多藏于康可，康可又为独立省议会所在，民党领袖多聚于是，遂于一七七五年四月十八日派兵往搜毁康可所藏军火，即于道上收捕民党人物亚丹（Samuel Adams）、汉客（John Hancock）。二人时皆客立克信墩村牧师克拉克（Jonas Clarke）之家。适波士顿城中有党人侦知官兵已出发，急令骑士累维尔（Paul Revere）飞驰告急（美国诗人郎菲罗有“累维尔夜驰歌”）。累至立克信墩警告居民，令急为备，复令人分道趣康可告警。英兵至立克信墩，民党已集多人。英兵叱令解散，不听，遂战。是为立克信墩之战（四月十九日），美独立之役之第一战也。

英兵驱散民党后，进至康可，搜获所存军火。将退出，民军隔篱轰击之，遂复战。时民党“片刻队”（Minute Men 者，其人相约有事则片刻之间可以应召，故名）已集五百人，官军大败，是为康可之战（同日）。战地今则浅草如茵，长槐夹道，河水（康可河）迂回，有小桥接两岸。桥东为表忠之碑，桥西为“片刻队”铜像，上刻爱麦生“康可歌”四句曰：

小桥跨晚潮，春风翻新旆。
群啬此倡义，一击惊世界。

余与同行之三君金洛伯（Robert W. King）、张智、罗□□同坐草地上小憩。金君为美国人，对此尤多感喟。与余言，自其少时受书，读美国建国之史，即想像康可与立克信墩之役，数百人之义勇，遂致造成今日灿烂之美洲合众国。今日始得身游其地，相度当日英人入村之路，及村人拒敌之地，十余年之心愿偿矣。余以为尔时英国政府暗于美洲民气之盛，其达识之士如褒克（Edmund Burke），如皮特（Chatham），欲力为挽救，而当局者乔治第三及那思（North）皆不之听，其分裂之势已不可终日，虽无康可及立克信墩之哄，独立之师，终有起时。薪已具矣，油已添矣，待火而然。康可与立克信墩幸而为燃薪之火，若谓独立之役遂起于是，不可也。正如吾国之大革命终有起日，武昌幸而为中国之立克信墩耳，而遂谓革命起于武昌，则非探本之论也。

斜日西坠，余等始以车归，道中经立克信墩，下车往游。首至克拉克之故居。即民党领袖阿丹汉客所居者。室中悬诸领袖之像，继至立克信墩战场，今为公园。有战死者表忠之碑（建于一七七九年）。碑上藤叶累累护之，极有风致。碑铭颇长。为克拉克氏之笔，其辞激昂动人，大可窥见其时人士之思想，故录之如下：

Sacred to Liberty and the Rights of Mankind!!!

To the Freedom and Independence of America

Sealed and Defended with the Blood of her Sons.

This Monument is erected

By the inhabitants of Lexington,

Under the patronage and at the expense of

The Commonwealth of Massachusetts,

To the Memory of their Fellow Citizens,

Ensign Robert Munroe and Messrs Jonas Parker,

Samuel Hadley, Jonathan Harrington, Jr. Isaac Muzzy,

Caleb Harrington and John Brown

Of Lexington, and Asahel Porter of Woburn,

Who fell on this Field, the First Victims to the

Sword of British Tyranny and Oppression,

On the morning of the ever memorable
Nineteenth of April An. Dom. 1775.
The Die was Cast!!!
The Blood of these Martyrs
In the cause of God and their Country
Was the Cement of the Union of these States, then
Colonies, and gave the spring to the Spirit, Firmness
and Resolution of their Fellow Citizens.
They rose as one Man to revenge their Brethren's
Blood, and at the Point of the Sword, to Assert and
Defend their native Rights.
They nobly dar'd to be free!!
The Contest was long, bloody and affecting.
Righteous Heaven approved the solemn appeal,
Victory crowned their arms; and
The Peace, Liberty and Independence of the United
States of America was their Glorious Reward.

又有巨石，相传为此间“片刻队”所立处，上刻队长泊克谕众之词曰：“立尔所，不见击勿发枪。然彼等苟欲战者，则请自此始。”又有泊克队长之铜像。泊克于第一战受伤，数月后即死。是役死者仅九人而已，然皆独立之战最先死之国殇也。

游归，复以车归康桥。是夜与金君闲谈甚久。余主张两事：一曰无后，一曰遗产不传子孙。孟子曰："不孝有三，无后为大。"吾国家族制度以嗣续为中坚，其流弊之大者有六：

一、望嗣续之心切，故不以多妻为非。男子四十无后可以娶妾，人不以为非，即其妻亦不以为忤。故嗣续为多妻之正当理由，其弊一（其以多妻为纵欲之计者，其非人道尤不足论，士夫亦有知非之者矣）。

二、父母欲早抱孙，故多早婚，其弊二。

三、惟其以无后为忧也，故子孙以多为贵，故生产无节，其弊三。

四、其所望者不欲得女而欲得男，故女子之地位益卑，其弊四。

五、父母之望子也，以为养老计也，故谚曰："生儿防老。"及其既得子矣既成人矣，父母自视老矣，可以息肩矣，可以坐而待养矣。故吾国中人以上之家，人至五十岁，即无志世事，西方人勤劳之时代，平均至六十五岁始已。吾国人则五十岁已退休，其为社会之损失，何可胜算？其弊五。

六、父母养子而待养于子，养成一种牢不可拔之依赖性，其弊六。

遗产之制何以宜去也：

一、财产权起于劳力。甲以劳力而致富，甲之富其所自致也，其享受之宜也。甲之子孙未尝致此富也，不当享受之也。

二、富人之子孙无功而受巨产，非惟无益而又害之。《疏广》曰："子孙贤而多财，而损其志；愚而多财，则益其过。"一言尽之矣。有用之青年为多财所累，终身废弃者，吾见亦多矣。

吾所持"无后"之说，非欲人人不育子女也，如是则世界人类绝矣。吾欲人人知后之不足重，而无后之不足忧。培根曰：

> 有妻子者，其命定矣（绝无大成就矣）。盖妻子者，大事业之障碍也，不可以为大恶，亦不足以为大善矣。天下最大事功为公众而作者，必皆出于不婚或无子之人，其人虽不婚无后，然实已以社会为妻为子矣。
>
> （《婚娶与独处论》）

又曰：

> 吾人行见最伟大之事功皆出于无子之人耳。其人虽不能以形体传后，然其心思精神则已传矣。故惟无后者，乃最能传后者也。
>
> （《父子论》）

此是何种魄力，何种见地！吾国今日正须此种思想为振聩发聋之计耳。吾尝疑吾国两千年来，无论文学、哲学、科学、政治，皆无有出类拔萃之人物，其中最大原因，得毋为"不孝有三，无后为大"一言欤？此不无研究之价值也。

八日游哈佛大学，哈佛校舍六十所，较康乃尔为完备矣，而天然山水之美，则远不及之。

游博物院，院为博物学者厄格洗（Agassiz）父子所经营。其动植矿物，皆依其产生之地为分别陈列，搜罗致富。院中最著名者为玻璃所作花卉标本。其花卉之须瓣、枝叶、色泽、大小，一一如生。花小者全株，大者唯见一枝。其外又有放大之雄雌花蕊，有大至数百倍者，所以便学者观览也。此项标本凡数百种。其最佳者，为花与飞虫之关系一项。盖花有不能自结合孕育者，多赖蜂蝶之类沾染雄蕊之粉，播之雌蕊之子宫。花形有大小，状有凸凹单复，故其传播之道亦不一，院中皆制为标本。其蜂蝶之属，亦皆以玻璃为之。此项花卉为德国植物学者白讷须加（Rudolph Blaschka）所造。世界能知其制作之法者，惟白讷氏及其子二人而已。

出此后至福葛美术院（Fogg Art Museum，亦大学之一部），观其陈设造像及图画之层，亦有中国、日本美术品。

次游西密谛民族博物院（Semetic Museum），藏巴比仑、阿西里亚、希伯来诸古代民族之金石古物甚富。

一大学而有三大博物院，可谓豪矣！其他校舍多不纳游人（以在暑假中也），故不得遍游。哈佛公共饭堂极大，可容千余人。宿舍甚多，此康乃尔所无也。哈佛无女子，女子另入Radcliffe院。其所习科目与男子同，惟不同校耳。哈佛创于二百余年前（一六三六），规模初甚隘小，至伊丽鹗（Eliot）氏为校长始极力推广，事事求精求全。哈佛今日之为世界最有名大学之一者，伊氏之赐也。

康桥一街上有老榆树一株，二百年物也。华盛顿在此树下受职为美洲陆军大元帅，今此树名“华盛顿榆”，以铁栏围之，此西方之召伯甘棠也。

下午出行，道逢金君一友，适与其友共驾汽车出游，因招余与金君共载，游行佛兰克林公园，风景极佳。

夜往看戏。

九日晨，孙恒君（哈佛学生）来访，与谈甚久。孙君言中国今日不知自由平等之益，此救国金丹也。余以为病不在于无自由平等之说，乃在不知此诸字之真谛。又为言今人所持平等自由之说，已非复十八世纪学者所持之平等自由。向谓“人生而自由”（L’homme est né libre——Rousseau），果尔，则初生之婴孩亦自由矣。又曰：“人生而平等。”此尤大谬。人生有贤愚能否，有生而癫狂者，神经钝废者，有生具慧资者，又安得谓为平等也？今之所谓自由者，一人之自由，以他人之自由为界；但不侵越此界，则个人得随所欲为。然有时并此项自由亦不可得。如饮酒，未为侵犯他人之自由也，而今人皆知饮酒足以戕身；戕贼之身，对社会为失才，对子孙为弱种，故有倡禁酒之说者，不得以自由为口实也。今所谓平等之说者非人生而平等也。人虽有智愚能不能，而其为人则一也，故处法律之下则平等。夫云法律之下，则人为而非天生明矣。天生群动，天生万民，等差万千，其强弱相倾相食，天道也。老子曰“天地不仁”，此之谓耳。人治则不然。以平等为人类进化之鹄，而合群力以赴之。法律之下贫富无别，人治之力也。余又言今日西方政治学说之趋向，乃由放任主义（Laissez faire）而趣干涉主义，由个人主义而趣社会主义。不观乎取缔“托拉斯”之政策乎？不观乎取缔婚姻之律令乎（今之所谓传种改良法〔Eugenic' Laws〕，禁癫狂及有遗传病者相婚娶，又令婚嫁者须得医士证明其无恶疾）？不观乎禁酒之令乎（此邦行禁酒令之省甚多）？不观乎遗产税乎？盖西方今日已渐见十八世纪学者所持任天而治（放任主义）之弊，今方力求补救，奈何吾人犹拾人唾余，而不深思明辨之也？

下午游班克山（Bunker Hill），亦独立之役血战最剧之战场也。自康可之战后，义师响应，盖箕大将坐守波士顿，民军驻康桥，自康桥至班克山四里之间，皆有民军遥相接应。后英国援师大至，盖箕欲先夺附近诸山以临民军。民军侦知之，遂先发，于六月十六日夜据班克山。明日盖箕遣兵三千人来攻，枪炮皆精，又皆为久练之师。民军仅千余人，又以终夜奔走，皆疲惫不堪，然气不为屈，主将令曰：“毋发枪，俟敌人行近，可见目中白珠时始发。”故发无不中者，英军再却再上，为第三次攻击。民军力竭弹尽，乃弃山走。是役也，英军死伤千零五十四人，民军死伤者四百二十人耳，大将华伦（General Joseph Warren）死之。是役民军虽终失败，然以半数临时召集之众，当二倍久练之师，犹能再却敌师，其足以鼓舞人心，何待言矣！一八四三年美国规矩会（Masons）之一部募款建纪念塔于山上，塔旁为华伦大将之铜像。塔高二百二十一英尺，全用花岗为之，中有石梯，螺旋至颠，凡二百九十四级始及塔颠。塔上可望见数十里外风景，甚壮观，南望则波士顿全市都在眼中，东望可见海港。

下塔往游海军造船坞，属海军部。坞长半里，有屋舍大小二百所，坞中可造兵舰商船。今坞口所泊大战舰，乃为阿根廷民主国所代造，为世界第一大战舰。余等登二舰游览。其一名老宪法，为旧式战舰，造于一百十七年前。船身甚大，木制，四周皆安巨炮。其时尚未用蒸汽，以帆行驶。此舰之历史甚有味，不可不记之。此舰尝参与英美之战，一八三〇年，有建议以此舰老朽不合时用，欲摧毁之，海军部已下令矣。时美国名士何模士（Oliver Wendell Holmes）才二十岁，居哈佛大学法律院，闻毁舰之令，大愤，投诗于报馆，痛论之。其诗出，全国转录之，人心皆愤愤不平，责政府之不当，海军部不得已收回前命。此船得不毁至于今日，皆出何氏一诗之赐也。诗人之功效乃至于此！其诗大旨，以为此舰尝为国立功，战死英雄之血斑斑船面，“固一世之雄也，而今安在哉?”不如沉之海底，钉其旆于墙上，以此舰赠之波涛之神，赠之雷电，赠之飓风，不较摧毁之之为愈乎，其诗名“Old Ironsides”，录其卒章曰：

Oh, better that her shattered bulk

Should sink beneath the wave;
Her thunders shook the mighty deep,
And there should be her grave;
Nail to the mast her holy flag,
Set every threadbare sail,
And give her to the Gods of storms,
The lightning and the gale!

何模士亦此邦奇士，其人亦名医，亦发明家，亦教师，亦诗人，亦滑稽，著书甚富，生于一八〇九年，卒于一八九四年，今其子（与父同名）为美国大理院法官。其一舰为二等巡洋舰，船身之大，机械之多而精，架炮之新而利，较之一百十七年前之老宪法迥不侔矣。

是夜，访皖人李锡之、殷源之二君，皆麻省工校学生，庚戌同去国者也，倾谈甚快。

十日，上午作书阅报，下午以汽船出波士顿港。四年未海行矣，今日见海水，如见故人。至巴斯（Bass Point），以车行。车道在土岬上，岬甚隘，车中左右望，皆海水也，大似自旧金山至褒克来（Berkeley，加省大学所在）电车中所见风景。至累维尔海滨，此地为夏日游人麇集之所，为不夜之城，游玩之地无数，然皆俗不可耐，盖与纽约之空来岛同等耳。海滨夏日多浴者，今日天大寒，仅见一男子自水中出；去岸稍远，有二女子游泳水中而已。岸上可望见巴斯，残日穿云隙下照，风景不弱。

十一日，金君往梅省（Maine）之朴兰（Portland），余欲早归，不能偕往，遂与为别。

余三至图书馆，得见法人 M. Bazin Ainé 所译元人杂剧四本：

（1）《㑳梅香》郑德辉（光祖）著

（2）《合汗衫》张国宾著

（3）《货郎旦》无名氏著

（4）《窦娥冤》关汉卿著

此诸剧皆据《元曲选》译。拔残（王国维译名）所译元曲凡十余种，惜不及尽见之。译元曲者，拔残之外，尚有 Du Halde 译《赵氏孤儿》（一七六三）；Stanislas Julien 译甚多；英人 Sir John Francis Davis 亦译《老生儿》《汉宫秋》二曲。元人著剧之多，真令人叹服。关汉卿著六十种，高文秀著三十二种，何让西人乎？元曲之前无古人，有以哉！

是日，突厥政府宣言：凡自第十世纪以来至于今日，突厥与外国所订条约，让与列强在突厥境内得有领事裁判权（Extra-Territorial Rights），自十月一日为始，皆作为无效。嗟夫！吾读之，吾不禁面红耳热，为吾国愧也！嗟乎！孰谓突厥无人！少年突厥党得政后，即屡与列强商改条约，欲收回领事裁判权。列强不允，谓须俟新政府果能保持治安，维持法律，然后图此未晚也。今突厥乘欧洲之战祸，遽而出此霹雳手段，不复与列强为无效之谈判矣。

麻省工校曾君昭权有《廿四史》一部。前闻其捐入波城公家图书馆。三次觅之不获，今始知其在工校藏书室。下午因往觅之，其书堆积室隅，无人顾问，捐入之后，余为第一人惠然来访者也。审视其书，亦不完全。仅有十史，余所欲见之《南北史》乃不在此，怅怅而返。

在饭馆遇袁君，余告以觅书事。袁君言："此间有中华阅书室，乃友人张子高、朱起蛰诸人所设，颇有书籍，盍往观之？"遂同往。室设西医陈君之家，书殊寥寥，报亦仅数种耳。中殊无佳书，惟《日知录》版佳，偶一翻阅，便尽数卷。又有《章谭合钞》，取其《太炎文钞》读之，中有《诸子学略说》，多谬妄臆说，不似经师之语，何也？

下午，访程明寿、徐书、徐佩璜、徐名材，遇周百朋，夜访朱起蛰，遇贺楙庆、周象贤、罗惠侨、胡博渊、周厚坤诸君。

夜以睡车归绮色佳。

补　记

在赫定登街上有此邦有名宗教家白路克司（Phillips Brooks，1835—1893）铁像。此君讲经最能动人，为名牧师。

波士顿与纽约皆有空中车道、街上车道，及地下车道三种，似波城之地下车道较纽约为佳也。

南游杂忆

我这一次因为接受香港大学的名誉学位，作第一次的南游，在香港住了五天，在广州住了两天半，在广西住了十四天。这些地方都是我多年想去而始终没有去成的，这回得有畅游的机会，使我很快慰。可惜南方的朋友待我太好了，叫我天天用嘴吃喝，天天用嘴说话，嘴太忙了，所以用眼睛耳朵的机会就太少了。前后二十多天之中，我竟没有工夫记日记。后来在《大公报》和《国闻周报》上读了胡政之先生的两种两粤游记，我很感觉惭愧。他游两粤，恰在我之后，走的路线也恰和我走的大致一样；但他是一个有训练的名记者，勤于记载每天的观察，所以他的游记很可供读者的参考。我因为当时没有日记，回家后又两次患流行感冒，前后在床上睡了十天，事隔日久，追忆起来更模糊了。但因为许多朋友的催逼，所以我决定写出一些追忆的印象和事实，做我第一次南游的报告。

香　港

我在元旦上午坐哈里生总统船南下，一月四日早晨到香港，住在香港大学副校长韩耐儿（Sir William Hornell）的家里。我在香港的日程，先已托香港大学文学院长佛斯脱先生（Dr. L. Forster）代为排定。西洋人是能体谅人的。所以每天上午都留给我自由支配，一切宴会讲演都从下午一点开始。所以我在港五天，比较从容，玩了不少地方。

船到香港时，天还未明，我在船面上眺望，看那轻雾中的满山灯光，真像一天繁星。韩校长的家在半山，港大也在半山，在山上望见海湾，望见远近的岛屿，气象比青岛大连更壮丽。香港的山虽不算很高，但几面都靠海，山和海水的接近，是这里风景的特色。有一天佛斯脱夫妇邀我去游览香港市的背面的山水，遍览浅水湾、深水湾、香港仔、赤柱各地。阳历的一月正是香港最好的天气。满山都是绿叶，到处可以看见很浓艳的鲜花；我们久居北方的人，到这里真有“赶上春了”的快乐。我们在山路上观看海景，到圣士梯反学校小坐喝茶，看海上的斜阳，风景特别清丽。晚上到佛斯脱先生家去吃饭，坐电车上山，走上山顶（The Peak），天已黑了，山顶上有轻雾，远望下去，看那全市的灯火，气象比纽约和旧金山的夜色还更壮丽。有个朋友走遍世界的，曾说，香港的夜景，只有南美洲巴西首都里阿德耶内罗（Rio de Janeiro）和澳洲的西德内（Sydney）两处可以相比。过了一天，有朋友邀我去游九龙，因时间太晚，走的不远，但大埔和水塘一带的风景的美丽已够使我们惊异了。

有一天，我在扶轮社午餐后演说，提到香港的风景之美，我说：香港应该产生诗人和画家，用他们的艺术来赞颂这里的海光山色。有些人听了颇感觉诧异。他们看惯了，住腻了，终日只把这地方看作一个吃饭做买卖的商场，所以不能欣赏那山水的美景了。但二十天之后，我从广西回到香港时，有人对我说，香港商会现在决定要编印一部小册子，描写香港的风景，他们准备印两万本，来宣传香港的山水之美！

香港大学最有成绩的是医科与工科，这是外间人士所知道的。这里的文科比较弱，文科的教育可以说是完全和中国大陆的学术思想不发生关系。这是因为此地英国人士向来对于中国文史太隔膜了，此地的中国人士又太不注意港大文科的中文教学，所以中国文字的教授全在几个旧式科第文人的手里，大陆上的中文教学早已经过了很大的变动，而港大还完全在那变动大潮流之外。近年副校长韩君与文学院长佛君都很注意这个问题，他们两人去年都曾到北方访问考察；去年夏天港大曾请广东学者陈受颐先生和容肇祖先生到这里来研究港大的中文教学问题，请他们自由批评并指示改革的途径。这种虚心的态度是很可以佩服的。我在香港时，很感觉港大当局确有改革文科中国文字教学的诚意，本地绅士如周寿臣、罗旭和诸先生也都热心赞助这件改革事业。但他们希望有一个能主持这种改革计划的人，这个人必须兼有四种资格：（一）须是一位高明的国学家。（二）须能通晓英文，能在大学会议席上为本系辩护。

（三）须是一位有管理才干的人。（四）最好须是一位广东籍的学者。因为这样的人才一时不易得，所以这件改革事业至今还不曾进行。

香港大学创始于爱里鹗爵士（Sir Charles Eliot），此君是一位博学的学者，精通梵文和巴利（Pali）文，著有《印度教与佛教》三巨册；晚年曾任驻日本大使，退休后即寄居奈良，专研究日本的佛教，想著一部专书。书稿未成，他因重病回国，死在印度洋的船上。一九二七年五月，我从美国回来，过日本奈良，曾在奈良旅馆里见着他。那一天同餐的，有法国的勒卫先生（Sylvan Levi）、瑞士（现改法国籍）的戴弥微先生（Demieville）、日本的高楠顺次郎先生和法隆寺的佐伯方丈，五国的研究佛教的学人聚在一堂，可称盛会。于今不过八年，那几个人都云散了，而当日餐会的主人已葬在海底了！

爱里鹗校长是最初推荐钢和泰先生（Baron Stael Holstein）给北京大学的人。钢先生从此留在北京，研究佛教，教授梵文和藏文，至今十五六年了。香港大学对中国学术上的贡献，大概要算这件事为最大。可惜爱里鹗以后，这样的学术上的交通就不曾继续了。

香港的教育问题，不仅是港大的中文教学问题。我在香港曾和巢坤霖先生、罗仁伯先生细谈，才知道中小学的中文教学问题更是一个亟待救济的问题。香港的人口，当然绝大多数是中国人。他们的儿童入学，处处感觉困难。最大的困难是那绝大多数的华文学校和那少数的英文中学不能相衔接，华文学校是依中国新学制的六六制办的，小学六年，中学也六年。英文中学却有八年。依年龄的分配，在理论上，一个儿童读了四年小学，应该可以接上英文中学的最低级（第八级）。事实上却不然，华人子弟往往要等到初中二三年（即第八九年）方才能考英文中学。其间除了英文之外，其余的他种学科都是学过了还须重习的。这样的不相衔接，往往使儿童枉费去三年至五年的光阴。所以这是一个最严重的问题。香港与九龙的华文学校约有八百所，其中六百校是完全私立的，二百校是稍有政府津贴的。英文中学校之中，私立的约有一百校，其余最好的三十校又分三种：一种是官立的，一种是政府补助的，一种是英国教会办的。因为全港受英国统治与商业的支配，故学生的升学当然大家倾向那三十所设备最好的英文中学。无力升学的学生，也因为工商业都需要英文与英语，也都有轻视其他学科的倾向。还有一些人家，因为香港生活程度太高，学费太贵，往往把子弟送往内地去求学；近年中国学校不能收未立案的学校学生，所以香港儿童如想在内地升学，必须早入中国的立案学校。所以香港的中小学的教学问题最复杂。家长大都希望子弟能早学英文，又都希望他们能多学一点中国文字，同时广东人的守旧风气又使他们迷恋中国古文，不肯彻底改用国语课本。结果是在绝大多数的中文学校里，文言课本还是很占势力，师资既不易得，教学的成绩自然不会好了。

罗仁伯先生是香港中文学校的视学员，他是很虚心考虑这个中文教学问题的，他也不反对白话文。但他所顾虑的是：白话不是广东人的口语，广东儿童学白话未必比学文言更容易，也未必比学文言更有用。这不仅是他一个人的顾虑。广东朋友往往有这种见解，其实这种意思是错的。第一，今日的“国语”本是一种活的方言，因为流行最广，又已有文学作品做材料，所以最容易教学，学了也最有用。广东话也是一种活的方言，但流行比较不远，又产生的文学材料太少，所以不适宜用作教学工具。广东人虽不说国语，但他们看白话小说，看新体白话文字，究竟比读古文书容易的多了。第二，“广东话”决不能解决华南一带的语言教学问题，因为华南的语言太复杂了，广州话之外，还有客家话、潮州话，等等。因为华南的语言太复杂了，所以用国语作统一的语言实在比在华北、华中还更需要。第三，古文是不容易教的，越下去，越不容易得古文师资了。而国语师资比较容易培养。第四，国语实在比古文丰富的多，从国语入手，把一种活文字弄通顺了，有志学古文的人将来读古书也比较容易。第五，我想香港的小学、中学若彻底改用国语课本，低级修业年限或可以缩短一二年。将来谋中文学校与英文中学的衔接与整理，这也许是很可能的一个救济方法——所以我对于香港的教育家，很诚恳的希望他们一致的改用国语课本。

我在香港讲演过五次：三次用英文，两次用国语。在香港用国语讲演，不是容易的事。一月六日下午，我在香港华侨教育会向两百多华文学校的教员演说了半点钟，他们都说可以勉强听官话，所以不用翻成广东话。我说的很慢，自信是字字句句清楚的。因为我怕他们听不明白，所以这篇演说里没有一句不是很浅近的话。第二天各华字报登出会场的笔记，我在《大光报》上读了一遍，觉得大旨不错。我很高兴，因为这样一篇有七八成正确的笔记使我相信香港的中小学教员听国语的程度并不坏，这是最可乐观的现象，在十年前这是决不可能的。后来广州各报转载的，更后来北方各报转载的，大概都出于一个来源，都和《大光报》相同。其中当然有一些听错的地方，和记述白话语气不完全相同的地方。例如我提到教育部王部长的广播演说，笔记先生好像不知道王世杰先生，所以记作汪精卫先生了。又如我是很知道广州人对香港的感情的，所以我很小心地说“我希望香港的教育家接受新文化，用和平手段转移守旧势力，使香港成为南方的一个新文化中心”，我特别把“一个新文化中心”说的很清楚，但笔记先生好像不曾做惯白话文，他轻轻的把“一个”两字丢掉了，后来引起了广州人士不少的醋意！又如最后笔记先生记的有这样一句话：

> 现在不同了，香港最高级教育当局也想改进中国的文化。

这当然是很错误的记录：我说的是香港最高教育当局现在也想改善大学里的中国文学的教学了，所以我接着说港大最近请两位中国学者来计划中文系的改革的事业。凡有常识而无恶意的读者，看了上下文，决不会在这一句上挑眼的。谁知这句句子后来在中山大学邹校长的笔下竟截去了上下文，成了一句天下驰名的名句！

那篇演说，因为各地报纸都转载了，并且除了上述各点小误之外，记载的大体不错，所以我不用转载在这里了。我的大意是劝告香港教育家充分利用香港的治安和财富，努力早日做到普及教育；同时希望他们接受中国大陆的新潮流，在思想文化上要向前走，不要向后倒退。可是我在后半段里提到广东当局反对白话文，提倡中小学读经的政策。我说的很客气，笔记先生记的是：

> 现在广东很多人反对用语体文，主张用古文；不但古文，而且还提倡读经书。我真不懂。因为广州是革命策源地，为什么别的地方已经风起云涌了，而革命策源地的广东尚且守旧如此。

这段笔记除了“风起云涌”四个字和“尚且”二字是我不会用的，此外的语气大致不错。我说的虽然很客气，但读经是陈济棠先生的政策，并且曾经西南政务会议正式通令西南各省，我的公开反对是陈济棠先生不肯轻轻放过的。于是我这篇最浅近的演说在一月八日广州报纸上登出之后，就引起了很严重的反对。我丝毫不知道这回事。八日的晚上，我上了“泰山”轮船，一觉醒来，就到了广州。

罗文干先生每每取笑我爱演说，说我“卖膏药”。我不懂这句话的意思，直到那晚上了轮船，我才明白了。我在头等舱里望见一个女人在散舱里站着演说，我走过去看，听不懂她说的是什么问题，只觉得她侃侃而谈，滔滔不绝，很像是一位有经验的演说大家。后来问人，才知道她是卖膏药的，在那边演说她手里的膏药的神效。我忍不住暗笑了：明天早起，我也上省卖膏药去！

广　州

一月九日早晨六点多，船到了广州，因有大雾，直到七点，船才能靠码头。有一些新旧朋友到船上来接我，还有一些新闻记者围住我要谈话。有一位老朋友托人带了一封信来，要我立时开看。我拆开信，中有云：“兄此次到粤，诸须谨慎。”我不很了解，但我知道这位朋友说话是很可靠的。那时和我同船从香港来的有岭南大学教务长陈荣捷先生，到船上来欢迎的有中山大学文学院长吴康先生，教授朱谦之先生，还有地方法院院长陈达材先生，他们还都不知道广州当局对我的态度。陈荣捷先生和吴康先生还在船上和我商量我的讲演和宴会的日程。那日程确实可怕！除了原定的中山大学和岭南大学各讲演两次之外，还有第一女子中学、青年会、欧美同学会等，四天之中差不多有十次讲演。上船来的朋友还告诉我：中山大学邹鲁校长出了布告，全校学生停课两天，使他们好去听我的讲演。又有人说：青年会昨天下午开始卖听讲券，一个下午卖出了两千多张。

我跟着一班朋友到了新亚酒店。已是八点多钟了。我看广州报纸，才知道昨天下午西南政务会议开会，就有人提起胡适在香港华侨教育会演说公然反对广东读经政策，但报纸上都没有明说政务会议决定如何处置我的方法。一会儿，吴康先生送了一封信来，说：

> 适晤邹海滨先生云：此间党部对先生在港言论不满，拟劝先生今日快车离省，暂勿演讲，以免发生纠纷。

邹吴两君的好意是可感的，但我既来了，并且是第一次来观光，颇不愿意就走开。恰好陈达材先生问我要不要看看广州当局，我说：林云陔主席是旧交，我应该去看看他。达材就陪我去到省政府，见着林云陔先生，他大谈广东省政府的“三年建设计划”。他问我要不要见见陈总司令，我说，很好。达材去打电话，一会儿他回来说：陈总司令本来今早要出发向派出剿匪的军队训话，因为他要和我谈话，特别改迟出发。总司令部就在省政府隔壁，可以从楼上穿过去。我和达材走过去，在会客室里略坐，陈济棠先生就进来了。

陈济棠先生的广东官话，我差不多可以全懂。我们谈了一点半钟，大概他谈了四十五分钟，我也谈了四十五分钟。他说的话很不客气：“读经是我主张的，祀孔是我主张的，拜关岳也是我主张的。我有我的理由。”他这样说下去，滔滔不绝。他说：“我民国十五年到莫斯科去研究，我是预备回来做红军总司令的。”但他后来觉得共产主义是错的，所以他决心反共了。他继续说他的两大政纲：第一是生产建设，第二是做人。生产的政策就是那个“三年计划”，包括那已设未设的二十几个工厂，其中有那成立已久的水泥厂，有那前五六天才开工出糖的糖厂。他谈完了他的生产建设，转到“做人”，他的声音更高了，好像是怕我听不清似的。他说：生产建设可以尽量用外国机器，外国科学，甚至于不妨用外国工程师。但“做人”必须有“本”，这个“本”必须要到本国古文化里去寻求。这就是他主张读经祀孔的理论。他演说这“生产”“做人”两大股，足足说了半点多钟。他的大旨和胡政之先生“粤桂写影”所记的陈济棠先生一小时半的谈话相同，大概这段大议论是他时常说的。

我静听到他说完了，我才很客气的答他，大意说：“依我的看法，伯南先生的主张和我的主张只有一点不同。我们都要那个‘本’，所不同的是：伯南先生要的是‘二本’，我要的是‘一本’。生产建设须要科学，做人须要读经祀孔，这是‘二本’之学。我个人的看法是：生产要用科学知识，做人也要用科学知识，这是‘一本’之学。”

他很严厉地睁着两眼，大声说：“你们都是忘本！难道我们五千年的老祖宗都不知道做人吗？”

我平心静气地对他说：“五千年的老祖宗，当然也有知道做人的。但就绝大多数的老祖宗说来，他们在许多方面实在够不上做我们‘做人’的榜样。举一类很浅的例子来说吧。女人裹小脚，裹到把骨头折断，这是全世界的野蛮民族都没有的残酷风俗。然而我们的老祖宗安然行了一千多年。大圣大贤，两位程夫子没有抗议过，朱夫子也没有抗议过，王阳明、文文山也没有抗议过。这难道是做人的好榜样？”

他似乎很生气，但也不能反驳我。他只能骂现在中国的教育，说“都是亡国的教育”；他又说，现在中国人学的科学，都是皮毛，都没有“本”，所以都学不到人家的科学精神，所以都不能创造。在这一点上，我不能不老实告诉他：他实在不知道中国这二十年中的科学工作。我告诉他：现在中国的科学家也有很能做有价值的贡献的了，并且这些第一流的科学家又都有很高明的道德。他问：“有些什么人？”我随口举了数学家的姜蒋佐，地质学家的翁文灏、李四光，生物学家的秉志——都是他不认识的。

关于读经问题，我也很老实的对他说：我并不反对古经典的研究，但我不能赞成一班不懂得古书的人们假借经典来做复古的运动。“这回我在中山大学的讲演题目本来是两天都讲

‘儒与孔子’，这也是古经典的一种研究。昨天他们写信到香港，要我一次讲完，第二次另讲一个文学的题目。我想读经问题正是广东人士眼前最注意的问题，所以我告诉中山大学吴院长，第二题何不就改作‘怎样读经?’我可以同这里的少年人谈谈怎样研究古经典的方法。”我说这话时，陈济棠先生回过头去望着陈达材，脸上做出一种很难看的狞笑。我当作不看见，仍旧谈下去。但我现在完全明白是谁不愿意我在广州“卖膏药”了!

以上记的，是我们那天谈话的大概神情。旁听的只有陈达材先生一位。出门的时候，达材说，陈伯南不是不能听人忠告的，他相信我的话可以发生好影响。我是相信天下没有白费的努力的，但对达材的乐观，我却不免怀疑。这种久握大权的人，从来没有人敢对他们说一句逆耳之言，天天只听得先意承志的阿谀谄媚，如何听得进我的老实话呢?

在这里我要更正一个很流行的传说。在十天之后，我在广西遇见一位从广州去的朋友，他说，广州人盛传胡适之对陈伯南说:“岳武穆曾说，‘文官不要钱，武官不怕死，天下太平矣’。我们此时应该倒过来说，‘武官不要钱，文人不怕死，天下太平矣’。”——这句话确是我在香港对胡汉民先生说的。我在广州，朋友问我见过胡展堂没有，我总提到这段谈话。那天见陈济棠先生时，我是否曾提到这句话，我现在记不清了。大概广州人的一般心理，觉得这句话是我应该对陈济棠将军说的，所以不久外间就有了这种传说。

我们从总司令部出来，回到新亚酒店，罗钧任先生，但怒刚先生，刘毅夫（沛泉）先生，罗努生先生，黄深微（骚）先生，陈荣捷先生，都在那里。中山大学文学院长吴康先生又送了一封信来，说：

> 鄙意留省以勿演讲为妙。党部方面空气不佳，发生纠纷，反为不妙，邹先生云，昨为党部高级人员包围，渠无法解释。故中大演讲只好布告作罢。渠云，个人极推重先生，故前布告学生停课出席听先生讲演。惟事已至此，只好向先生道歉，并劝先生离省，冀免发生纠纷。
>
> 一月九日午前十一时

邹校长的为难，我当然能谅解。中山大学学生的两天放假没有成为事实，我却可以得着四天的假期，岂不是意外的奇遇？所以我和陈荣捷先生商量，爽性把岭南大学和其他几处的讲演都停止了，让我痛痛快快的玩两天。我本来买了来回船票，预备赶十六日的塔虎脱总统船北回，所以只预备在广州四天，在梧州一天。现在我和西南航空公司刘毅夫先生商量，决定在广州只玩两天，又把船期改到十八日的麦荆尼总统船，前后多出四天，坐飞机又可以省出三天，我有七天（十一—十八）可以飞游南宁和柳州、桂林了。罗钧任先生本想游览桂林山水，他到了南宁，因为他的哥哥端甫先生（文庄）死了，他半途折回广州。他和罗努生先生都愿意陪我游桂林，我先去梧州讲演，钧任等到十三日端甫开吊事完，飞到南宁会齐，同去游柳州、桂林。我们商量定了，我很高兴，就同陈荣捷先生坐小汽船过河到岭南大学钟荣光校长家吃午饭去了。

那天下午五点，我到岭南大学的教职员茶会。那天天气很热，茶会就在校中的一块草地上，大家团坐吃茶点谈天。岭大的学生知道了，就有许多学生来旁观。人越来越多，就把茶会的人包围住了。起先他们只在外面看着，后来有一个学生走过来对我说："胡先生肯不肯在我的小册子上写几个字?"我说可以，他就摸出一本小册来请我题字。这个端一开，外面的学生就拥进茶会的团坐圈子里来了。人人都拿着小册子和自来水笔，我写的手都酸了。天渐黑下来了。草地上蚊子多的很，我的薄袜子抵挡不住，我一面写字，一面运动两只脚，想赶开蚊子。后来陈荣捷先生把我拉走，我上车时，两只脚背都肿了好几块。

晚上黄深微先生和他的夫人邀我到他们家中去住，我因为旅馆里来客太多，就搬到东山，住在他们家里。十点钟以后，报馆里有人送来明天新闻的校样，才知道中山大学邹鲁校长今天出了这样一张布告：

国立中山大学布告第七十九号

为布告事。前定本星期四五两日下午二时请胡适演讲，业经布告在案。现阅香港《华字日报》，胡适此次南来接受香港大学博士学位之后，在港华侨教育会所发表之言论，竟谓香港最高教育当局，也想改进中国的文化。又谓各位应该把他做成南方的文化中心，复谓广东自古为中国的殖民地等语。此等言论，在中国国家立场言之，胡适为认人作父。在广东人民地位言之，胡适竟以吾粤为生番蛮族，实失学者态度，应即停止其在本校演讲，合行布告。仰各学院各附校员生一体知照，届时照常上课为要。此布。

校长　邹鲁　中华民国二十四年一月九日

这个布告使我不能不佩服邹鲁先生的聪明过人。早晨的各报记载八日下午西南政务会议席上讨论的胡适的罪过，明明是反对广东的读经政策。现在这一桩罪名完全不提起了，我的罪名变成了“认人作父”和“以吾粤为生番蛮族”两项！广州的当局大概也知道“反对读经”的罪名是不够引起广东人的同情的，也许多数人的同情反在我的一边。况且读经是武人的主张——这是陈济棠先生亲口告诉我的——如果用“反对读经”做我的罪名，这就成了陈济棠反对胡适了。所以奉行武人意旨的人们必须避免这个真罪名，必须向我的华侨教育会演说里去另寻找我的罪名，恰好我的演说里有这么一段话：

我觉得一个地方的文化传到它的殖民地或边境，本地方已经变了，而边境或殖民地仍是保留着它祖宗的遗物。

> 广东自古是中国的殖民地，中原的文化许多都变了，而在广东尚留着。像现在的广东音是最古的，我现在说的话才是新的（用各报笔记，大致无大错误）。

假使一个无知苦力听了这话忽然大生气，我一定不觉得奇怪。但是一位国立大学校长，或是一位国立大学的中国文学系主任居然听不懂这一段话，居然大生气，说我是骂他们“为生番蛮族”，这未免有点奇怪罢。

我自己当然很高兴，因为我的反对读经现在居然不算是我的罪状了，这总算是一大进步。孟子说的好，“乃孔子则欲以微罪行，不欲为苟去”。邹鲁先生们受了读经的训练，硬要我学孔子的“做人”，要我“以微罪行”，我当然是很感谢的。

但九日的广州各报记载是无法追改的，九日从广州电传到海内外各地的消息也是无法追改的。广州诸公终不甘心让我蒙“反对读经”的恶名，所以一月十四日的香港英文《南华晨报》（*South China Morning Post*）上登出了中山大学教授兼广州《民国日报》总主笔梁民志（Prof. LiangMin - Chi）的一封英文来函，说：

> 我盼望能借贵报转告说英国话的公众，胡适博士在广州所受冷淡的待遇，并非因为（如贵报所记）“他批评广州政府恢复学校读经课程”，其实完全因为他在一个香港教员聚会席上说了一些对广东人民很侮辱又“非中国的”

(Un－Chinese) 批评。我确信任何人对于广州政府的教育政策如提出积极的批评，广州当局诸公总是很乐意听受的。

我现在把梁教授这封信全译在这里，也许可以帮助广州当局诸公多解除一点同样的误解。

我的膏药卖不成了，我就充分利用那两天半的时间去游览广州的地方。黄花岗、观音山、鱼珠炮台、石牌的中山大学新校舍、禅宗六祖的六榕寺、六百年前的五层楼的镇海楼、中山纪念塔、中山纪念大礼堂，都游遍了。中山纪念塔是亡友吕彦直先生（康乃尔大学同学）设计的，图案简单而雄浑，为彦直生平最成功的建筑，远胜于中山陵的图案。黄花岗七十二烈士（中有亡友饶可权先生）墓是二十年前的新建筑，中西杂凑，全不谐和，墓顶中间置一个小小的自由神石像，全仿纽约港的自由神大像，尤不相衬。我们看了民元的黄花岗墓，再看吕彦直设计的中山纪念塔，可以知道这二十年中国新建筑学的大进步了。

我在中山纪念塔下游览时，忽然想起学海堂和广雅书院，想去看看这两个有名学府的遗迹。同游的陈达材先生说，广雅书院现在用作第一中学的校址，很容易去参观。我们坐汽车到一中，门口的警察问我们要名片，达材给了他一张名片。我们走进去，路上遇着一中的校长，达材给我介绍，校长就引导我们去参观。东边有荷花池，池后有小亭，亭上有张之洞的浮雕石像，刻得很工致。我们正在赏玩，不知为何被校中学生知道了，那时正是十二点一刻，餐堂里的学生纷纷跑出来看，一会儿荷花池的四围都是学生了。我们过桥时，有个学生拿着照相机走过来问我：“胡先生可以让我照个相吗?”我笑着立定，让他照了一张相。这时候，学生从各方面围拢来，跟着我们走。有些学生跑到前面路上去等候我们走过。校长说：“这里有一千三百学生，他们晓得胡先生来了，都要看看你。”我很想赶快离开此地。校长说：“这里是东斋，因为老房屋有倒坏了的，所以全拆了重盖新式斋舍。那边是西斋，还保存着广雅书院斋舍的原样子，不可以不去看。”我只好跟他走，走到西斋，西斋的学生也知道我来了，也都跑出来看我们。七八百个少年人围着我们，跟着我们，大家都不说话，但他们脸上的神气都很使我感动。校墙上有石刻的广雅书院学规，我站住读了几条，回头看时，后面学生都纷纷挤上来围着我们，我们几乎走不开了。我们匆匆出来，许多学生跟着校长一直送我们到校门口。我们上了汽车，我对同游的两位朋友说：“广州的武人政客未免太笨了。我若在广州演讲，大家也许来看热闹，也许来看看胡适之是个什么样子；我说的话，他们也许可以懂得五六成；人看见了，话听完了，大家散了，也就完了。讲演的影响不过如此。可是我的不讲演，影响反大得多了。因为广州的少年人都不能不想想为什么胡适之在广州不讲演。我的最大辩才至多只能使他们想想一两个问题，我的不讲演却可以使他们想想无数的问题。陈伯南先生们真是替胡适之宣传他的‘不言之教’了!”

我在广州玩了两天半，一月十一日下午，我和刘毅夫先生同坐西南航空公司的“长庚”机离开广州了。

我走后的第二天，广州各报登出了中山大学中国文学系教授古直、钟应梅、李沧萍三位先生的两个“真电”，全文如下：

> （一）广州分送西南政务委员会，陈总司令、林主席、省党部、林宪兵司令、何公安局长勋鉴，昔颜介庾信，北陷虏廷，尚有乡关之思，今胡适南履故土，反发盗憎之论，在道德为无耻，在法律为乱贼矣，又况指广东为殖民，置公等于何地，虽立正典刑，如孔子之诛少正卯可也，何乃令其逍遥法外，造谣惑众，为侵掠主义张目哉，今闻尚未出境，请即电令截回，径付执宪，庶几乱臣贼子，稍知警悚矣，否则老口北返，将笑广东为无人也。国立中山大学中文系主任古直教员李沧萍钟应梅，等叩，真辰。
>
> （二）探送梧州南宁李总司令、白副总司令、黄主席、马校长勋鉴，（前段与上电同略）今闻将入贵境，请即电令所在截留，径付执宪，庶几乱臣贼子，稍知警悚矣，否则公方剿灭“共匪”，明耻教战，而反容受刘豫、张邦昌一流人物以自玷，天下其谓公何。心所谓危，不敢

不告。国立中山大学中文系主任古直教员李沧萍钟应梅叩，真午。

电文中列名的李沧萍先生，事前并未与闻，事后曾发表谈话否认列名真电。所以一月十六日中山大学日报上登出“古直钟应梅启事”，其文如下：

胡适出言侮辱宗国，侮辱广东三千万人。中山大学布告驱之，定其罪名为认人作父。夫认人作父，此贼子也。刑罚不加，直等以为遗憾。真日代电，所以义形于色矣。李沧萍教授同此慷慨，是以分之以义，其实未尝与闻。今知其为北大出身也，则直等过矣。呜呼道真之妬，昔人所叹。自今以往，吾犹敢高谈教育救国乎。先民有言，丈夫行事当磊磊落落。特此相明，不欺其心。谨启。

古直　钟应梅　启

这三篇很有趣的文字大可以做我的广州杂忆的尾声了。

广　西

我们一月十一日下午飞到梧州了，在梧州住了一夜，我在广西大学讲演一次，次日在梧州中山纪念堂公开讲演一次。广西大学校长马君武先生是我的老师，校中教职员有许多是中国公学的老朋友，所以我在梧州住的一天是最快乐的。大学在梧州的对岸，中间是抚河（漓水），南面是西江。我们到的太晚了，晚上讲演完后，在老同学谢厚藩先生的家里喝茶大谈，夜深过江，十二日讲演完后，吃了饭就上飞机飞南宁了，始终没有机会参观西大的校舍与设备，这就是用嘴不能用眼的害处了。

十二日下午到南宁（邕宁），见着白健生先生、潘宜之先生、邱毅吾（昌渭）先生等，都是熟人。住在乐群社，是一个新式的俱乐部，设备很好。梧州与南宁都有自来水，内地省份有两个有自来水的城市，是很难得的。白先生力劝我改船期，在广西多玩几天。我因为我的朋友贵县罗尔纲先生的夫人和儿女在香港等候我伴送他们北上，不便改期。十四日罗钧任和罗努生如约到了南宁，白健生先生又托他们力劝。白先生说，他可以实行古直先生们的“真电”，封锁水陆空的交通，把我扣留在广西！后来我托省政府打电报请广西省银行的香港办事处把我和罗太太一家的船票都改了二十六日的胡佛总统船。这样一改，我在广西还可住十二天，尽够畅游桂林山水了。

我在邕宁住了六天，中间和罗努生到武鸣游了一天。钧任飞去龙州玩了一天，回来极口称美龙州的山水，可惜我不曾去。我在邕宁讲演了五次。十九日飞往柳州，住在航空署，见着广西航空界的一班青年领袖。钧任、努生和我在柳州游览了半天，公开讲演一次。二十日上午飞往桂林，在桂林讲演了两次，游览了两天，把桂林附近的名胜大致游遍了。二十二日上午，我和钧任、努生、毅夫，桂林县公署的秘书曹先生，飞机师赵志雄、冯星航两先生，雇了船去游阳朔，在漓水里走了一天半，二十三日下午才到阳朔。在阳朔游览了小半天，我坐汽车赶到良丰的省立师范专科学校讲演一次，讲演后坐汽车赶回桂林，已近半夜了。

二十四日早晨从桂林起飞，本想直飞梧州，在梧州吃午饭，毅夫夫妇约了在广州北面的从化温泉吃晚饭。但那天雾太低了，我们飞过了良丰，还没到阳朔，看前面云雾低压，漓水的河身不宽而两旁山高，所以飞机师赵先生决定折回向西，飞到柳州吃午饭，饭后顺着柳江、浔江飞往梧州，在梧州吃夜饭，打电报到广州去报告那些在从化等我们吃夜饭的朋友们。在梧州住了一夜，二十五日从梧州飞回广州，赶上火车，晚上赶到香港。我们在梧州打电报问明胡佛船是二十六日早晨四点钟就要开的，前一天的大雾几乎使我又赶脱了船期！

这是我在广西的行程。以下先记广西的山水。

广西的山水是一种特异的山水。南宋大诗人范成大在他的《桂海虞衡志》里说的最好：

> 余尝评桂山之奇宜为天下第一。士大夫落南者少，往往不知；而闻者亦不能信。余生东吴，而北抚辽蓟，南宅交广，西使岷峨之下，三方皆走万里，所至无不登览……其最号奇秀莫如池之九华，歙之黄山，括之仙都，温之雁荡，夔之巫峡，此天下同称之者。然皆数峰而止耳，又在

> 荒绝僻远之濒，非几杖间可得；且所以能拔乎其萃者，必因重冈复岭之势，盘亘而起，其发也有自来。桂之千峰，皆旁无廷缘，悉自平地崛然特立，玉笋瑶篸，森列无际。其怪且多如此，诚当为天下第一……山皆中空，故峰下多佳岩洞。

范氏指出两点特色：第一是诸峰“悉自平地崛然特立，玉笋瑶篸，森列无际”。第二是“山皆中空，故峰下多佳岩洞”。这两点都是广西山水的特色。这样“怪而多”的山都是石灰岩，和太湖石是同类；范石湖所指出的“山多中空，故多佳岩洞”，也正和太湖石的玲珑孔窍同一个道理。在飞机上望下去，只看见一簇一簇的圆锥体黑山，笋也似的矗立着，密密的排列着，使我们不能不想着一千多年前柳宗元说的名句：“桂州多灵山，发地峭竖，林立四野。”这种山峰并不限于桂林，广西全省有许多地方都有这种现象。我们在飞机上望见贵县的南山诸峰，也是这样的。武鸣的四围诸山，也是这一类。我们所游的柳州诸山，还有我们不曾去游的柳州北面融县真仙岩一带的山岩，也都和桂林阳朔同一种类。地质学者说，这种山岩并不限于广西一省，贵州的山也属于这一类。翁文灏先生说，这种山岩，地质学家称为“喀尔斯特”山岩（Karstic），在世界上，别处也有，但广西贵州要算全世界最大的统系了。

徐霞客记广西的山水岩洞最详细，他在广西游了一年——从崇祯丁丑（一六三七）闰四月初八到次年三月二十七——

写游记凡八万字，即丁文江标点本（商务印书馆出版，附地图）卷四至卷七。这是三百年前的游记，我们现在读了还不能不佩服那一位千古奇人脚力之健，精力之强，眼力之深刻，与笔力之细致。我们要知道广西岩洞的奇崛与壮美，不可不读徐霞客的游记；未游者固然应该读，已游者也不可不读。因为三百年来，远没有第二个人有这样伟大的好奇心，费这样长久的时间，专搜访自然的奇迹，作那么详细的记载。他所游的，往往有志书所不载，古今人所不知，或古人偶知而久无人到又被丛莽封塞了的。所以读过徐霞客粤西游记的人，真不能不感觉我们坐汽车匆匆游山的人真不配写游记：不但我们到的地方远不如他访搜所得的地方之多，我们到过的地方，所看见的，所注意到的，也都没有他在三百年前攀藤摩挲所得的多而且详尽。

凡听说桂林山水的，无人不知道桂林的独秀峰。图画上的桂林山水，也只有独秀峰最出名。徐霞客游遍了广西的山水，只不曾登独秀峰，因为独秀峰在桂林城中，圈在靖江王府里，须先得靖江王的许可，外人始得登览。徐霞客运动王府里的和尚代为请求，从五月初四日直到六月初一日，始终不得许可，他大失所望而去。游记中屡记此事，最后记云：

五月二十九日，入靖藩城，订独秀期，主僧词甚迂缓。予初拟再至省一登独秀，即往柳州。至此失望，怅怅。

> 六月初一日，讹传流寇薄衡水，藩城愈戒严，予遂无意登独秀。独秀山北西临池，西南二麓予俱已绕其下，西岩亦已再探，惟东麓与绝顶未登。其异于他峰者，只亭阁耳。

独秀峰现在人人可以登临了。其实此峰是桂林诸峰中的最低小的，高不过一百多尺！有石级可以从山脚盘旋直上山顶，凡三百六十级，其低可想！此峰所以独享大名，也有理由。徐霞客已说过，“其异于他峰者，只亭阁耳”，现时山腰与山顶尚有小亭台可供游人休憩，是一胜。此山在城中，登山可望全城和四围山水，是二胜。诸峰多是石山，无大树木，独秀峰上稍有树木，是三胜。桂林诸大山都以岩洞见奇，然而岩洞都是可游而不可入画的；独秀峰无岩洞，而娇小葱茏，有小亭阁，最便于绘画，故画家多喜画独秀，是四胜。有此四胜，就使此峰得大名！徐霞客两度到桂林，终以不得登独秀峰为憾事。我们在飞机上下望桂林附近的无数石山，几乎看不见那座小小的石丘，颇笑徐霞客的失望为大不值得！

徐霞客最称赏柳州北面融县的真仙岩，游记中有“真仙为天下第一”之语。可惜真仙岩我们没有去，我们游的岩洞，最大的是桂林七星山的岩洞。这岩洞一口为栖霞洞，一口为曾公岩。徐霞客从栖霞洞进去，从曾公岩出来，依他的估计，“自栖霞达曾公岩，径约二里；复自岩口出入盘旋三里”。我们从曾公岩进去，从栖霞出来，共费时五十五分钟。向导的乡人手拿火把（用纸浸煤油，插入长竹筒的一头），处处演说洞里石乳滴成的种种奇异形状：“这是仙人棋盘，那是仙人种田，那是金钟对玉鼓，这是狮子对乌龟，那是摩天岭，这是观音菩萨，那是骊山老母……”那位领袖用很清楚的桂林话一一指给我们看，说给我们听，真如数家珍。洞中有一股泉水，有些地方水声很大。洞中石乳确有许多很奇伟的形态。我们携带有手电筒，又有两三盏手提汽油灯，故看得比较清楚。洞中各处皆被油烟熏黑，石壁石乳，手偶摩抚，都是煤黑。徐霞客记他来游时，向导者用松明照路。千百年中，游人用的松明烟与煤油烟，把洞壁都熏黑了。其实这种岩洞大可装设电灯，可使洞中景物都更便于赏观，行路的人可以没有颠跌的危险，也可以免除油烟熏塞的气闷。向来做向导的村人，可以稍加训练，雇作看洞和导游的人，而规定入门费与向导费，如此则游人不以游洞为苦。若如现状，则洞中幽暗，游人非多人结伴不敢进来，来者又必须雇向导，人太少又出不起这笔杂费。

曾公岩是因曾布得名。曾布在元丰初年以龙图阁待制出外，知桂州。他是一个有文学训练的政治家，在桂时，游览各岩洞，到处都有他的刻石题名，不止此一处。

七星山的岩洞，据徐霞客的几次探访搜寻，共有十五洞，他说：

> 此山岩洞骈峙：栖霞在北，下透山之东西；七星在中，曲透西北出；碧虚岩在南，以东西上透。三穴并悬，

六门各异。北又有“朝云”“高峙”两岩，皆西向。此七星山西面之洞也，洞凡五……

曾公岩西又有洞在峰半，攀莽上，洞口亦东南向……此处岩洞骈峙者亦三。曾公岩北下同列者又有二岩……此七星山东南之洞也。洞凡五。

若北麓省春三岩，会仙一岩，旁又浅洞一，则七星北面之洞也，洞凡五。一山凡得十五洞云。

我们所游，其实只是十五洞之一！我们在洞里，固是迷不知西东，出了岩洞，还是杳不知南北。看徐霞客连日攀登，遍游诸洞，又综合记叙，条理井然，我们真不能不惭愧了！

七星山的对面就是龙隐岩，在月牙山的背后，洞的外口临江，水打沙进洞，堆积颇高，故岩上石刻题名有许多已被沙埋没了。龙隐岩很通敞，风景很美。岩外摩崖石刻甚多，有狄青等“平蛮三将题名”碑，字迹完好。

龙隐岩往西，不甚远，有小屋，我们敲门进去，有道士住在里面。此屋无后墙，靠山崖架屋，崖上石刻题记甚多，那最有名的“元祐党籍碑”即在此屋后。我久想见此碑，今日始偿此愿。元祐党籍立于徽宗崇宁元年（一一〇二），最初只有九十八人，那是真正元祐（一〇八六—一〇九三）反新法的领袖人物。徽宗皇帝亲写党籍，刻于端礼门；后来又令御史台抄录元祐党籍姓名“下外路州军，于监司门吏厅，立石刊记”。到崇宁三年（一一〇四）六月，又把元符末（一一〇〇）和建中靖国（一一〇一）年间的“奸党”和“上书诋讥”诸人一齐“通入元祐籍，更不分三等”（三等是原分“邪上尤甚”，“邪上”，“邪中”各等）。这个新合并的党籍，共有三百九十人，刻石朝堂。此碑到崇宁五年正月，因彗星出现，徽宗下诏毁碑，“如外处有奸党石刻，亦令除毁”。除毁之后，各地即无有此碑石刻。现今只有广西有两处摩崖刻本，一本在融县的真仙岩，刻于嘉定辛未（一二一一）；一本即是桂林龙隐岩附近的摩崖，刻于庆元戊午（一一九八），这两本都是南宋翻刻的。桂林此本乃是用蔡京写刻拓本翻刻的，故字迹秀挺可爱。两本都是三百九十人，已不是真正元祐党籍了，其中如章惇、曾布、陆佃等人，都是王安石新法时代的领袖人物，后来时势翻覆，也都列名奸党籍内，和司马光、吕公著诸人做了同榜！

广西的岩洞内外，有唐宋元明的名人题名石刻甚多。石灰岩坚固耐久，历千百年尚多保存很完整的。如舜山的摩崖“舜庙碑”，是唐建中元年（七八〇）韩云卿所立，距今已一千一百五十五年了。又如我们从栖霞洞下山，路旁崖上有范成大题名，又有张孝祥题名，这都是南宋大文人，现在都在路旁茅草里，没有人注意。此类古代名人题记，往往可供历史考据，其手书石刻更可供考证字画题跋者的参考比较。广西现有博物馆，设在南宁；我们盼望馆中诸公能作系统的搜访，将各地的古石刻都拓印编纂，将来可以编成一部《广西石刻文字》，其中定有不少历史的材料。

舜山有洞，名韶音洞，虽不甚深，而风景清幽，洞中有张栻（南轩）的《韶音洞记》石刻，字小，已不能全读了。洞前有庙，我们登楼小坐，前有清流，远望桂林诸山，在晚照中气象很雄伟。

城中人士常游的为象鼻山、伏波山、独秀峰、风洞山。其中以风洞山的风景为最胜。风洞山有北牖洞，虽曲折而多开敞之处，空气流通，多凉风，故名风洞，有小亭阁，下瞰江水，夏日多游人在此吃茶乘凉。

广西人说：“桂林山水甲天下，阳朔山水甲桂林。”我们游了桂林，决定坐船去游阳朔。一路上饱看漓水（抚河）的山水，但是因为我要赶香港船期，所以到了阳朔，只有几个钟头可以游览了。在小雨里，我们坐汽车到青厄渡，过渡后，下车泛览阳朔诸峰，仅仅能看一个大概。阳朔诸山也都是石山，重重叠叠，有作牛角双尖的，有似绝大石柱上半截被打断了的，有似大礼拜寺的，有似大石龟昂头向天的。远望去，重峰列岫，行列凌乱，在轻烟笼罩中，气象确是很奇伟。桂林诸山稍稍分散，阳朔诸山紧凑在江上；桂林诸山都无树木，此间颇有几处山上有大树木，故比较秀丽。

但我们实在有点辜负了阳朔的山水，我们把时间用在船上了，到了这里只能坐汽车看山，未免使山水笑人。大概我们误会了“阳朔山水必须用船去游”的意思。我后来看徐霞客的游记，始知阳朔诸山都可以用船去细细游览。我们若再来，可以坐汽车到阳朔，然后雇船去从容游山。阳朔诸山也多岩洞：徐霞客所记龙洞岩、珠明洞、来仙洞，都令人神往；其中珠明洞凡有八门，最奇伟。我们没有攀登一处的岩洞，颇失望。

但我们这回坐船游阳朔，也有很好的收获。徐霞客游记里没有提到“光岩”，我们却有半夜游光岩的豪举。光岩是刘毅夫先生前年发现的，所以他力劝我们坐船游阳朔，一半也是为了要游光岩。船到光岩时，已半夜了，我们都睡了。毅夫先上岸去，先雇竹筏进去探看，出来时他把竹筏火把都准备好了，然后把我们都从睡梦里轰起来，跟他去游洞。光岩洞口临江，洞甚空敞，洞里石乳甚多而奇，有明朝游人石刻甚多。毅夫前年曾探此河，偶见洞后水面上还有小洞，洞口很低，离水面不过两三尺；毅夫想出法子来，用竹排子撑进去探险，须全身弯倒始能进去。进去后，他发现里面还有很奇的岩洞，为向来游人所未曾到过。所以他很高兴，在第一洞石壁上题字指示游人深入探奇。今夜他带领我们进洞口，石壁上他的墨笔题记还如新的。我们一班人分坐三个竹排子，排子上平铺着大火把，大家低头弯腰，进入第二洞。里面共有三层大洞，都很高大，有种种奇形的石乳。最后一洞内有石乳作荷藕形，凡八九节，须节都全，绝像真藕，每一洞内都有沙涨成滩，都是江水打进来的。每过一洞口，都须低头用手攀住上面岩石，有时撑船的人都下水去用手推竹排子。第二洞以后，石壁上全无前人题刻，大概古人都不知有这些幽境。毅夫为游此洞，在桂林特别买了一个价值十七元的大电筒，每进一洞，他用大电筒指示各种石乳给我们看。他说，最后一洞的顶上有三个小洞透入光线，也许“光岩”之名是从那里来的。晚间我们当然看不见那三处透光的小洞。但我想里洞既非前人所熟知，光岩之名未必起于这透光的小孔，大概因前洞高敞通明，故得光岩之名。此洞之发现，毅夫之功最多，最后一洞大可以题作“沛泉洞”（毅夫名沛泉）。毅夫说，此洞颇像浙西金华的双龙洞。

徐霞客记他从阳朔回桂林的途中，“舟过水绿村北七里，西岸一岩，门甚高敞，东向临江，前垂石成龙，曰蛟头岩”，其地在兴平之南约三里，不知即是光岩否。

漓水的一日半旅程，还有一件事足记。船上有桂林女子能唱柳州山歌，我用铅笔记下来，有听不明白的字句，请同行的桂林县署曹文泉科长给我解释。我记了三十多首，其中有些是绝妙的民歌。我抄几首最可爱的在这里：

（一）

燕子飞高又飞低，两脚落地口衔泥。

我俩二人先讲过，贫穷落难莫分离。

（二）

石榴开花叶子青，哥哥年大妹年轻。

妹子年轻不懂事，哥哥拿去耐烦心。

（三）

大海中间一枝梅，根稳不怕水来推。
我们连双先讲过，莫怕旁人说是非。

（四）

如今世界好不难！井水不挑不得干。
竹子搭桥哥也过，妹妹跌死也心甘。

（五）

高山高岭一根藤，藤上开花十九层。
你要看花尽你看，你要摘花万不能。

（六）

要吃笋子三月三，要吃甜藕等塘干。
要吃大鱼长放线，想连小妹耐得烦。

（七）

买米要买一斩白，连双要连好脚色。
十字街头背锁链，旁人取笑也抵得。

（八）

妹莫愁来妹莫愁，还有好日在后头。
金盆打水妹洗脸，泉牙梳子妹梳头。

（九）

大塘干了十八年，荷叶烂了藕也甜。
刀切藕断丝不断，同心转意在来年。

我们在柳州的时间太短，只游了几处名胜之地。柳州城三面是江，我们在飞机上看柳江从西北来，绕城一周，往东北去。空中望那有名的立鱼山，真有点像个立鱼。那天下午，我们去游立鱼山，有岩洞很玲珑，我们匆匆不曾遍游。傍晚我们去游罗池柳宗元祠堂，有苏东坡写的韩退之罗池庙碑的迎享送神辞大字石刻。退之原辞石刻有“春与猿吟兮秋鹤与飞”一句，颇引起后人讨论。今东坡写本此句直作“春与猿吟兮秋与鹤飞”，此当是东坡从欧阳永叔之说，以“秋鹤与飞”为石刻之误，故改正了。石刻原碑也往往可以有错误，其误多由于写碑者的不谨慎。罗池庙碑原刻本有误字后经刊正，见干东雅堂韩集校语。后人据石本，硬指“秋鹤与飞”为有意作倒装健语，似未必是退之本意。

我们从阳朔回桂林时，路上经过良丰的师范专科学校，我在那边讲演一次。其地原名雁山，也是一座石山，岩壑甚美。清咸丰同治之间，桂林人唐岳买山筑墙，把整个雁山围在园里，名为雁山园。后来园归岑春煊，岑又转送给省政府，今称为西林公园，用作师专校址。现有学生二百三十人。我们到时，天已黑了；讲演完始吃晚饭，晚饭后，校长罗尔棻先生和各位教员陪我们携汽油灯游雁山。岩洞颇大，中有泉水，流出岩外成小湖。洞中多凉风，夏间乘凉最宜。洞中多石乳，洞口上方有石乳所成龙骨形，颇奇突。园中旧有花树三千种，屡次驻兵，花树多荒死，现只存几百种了。有绿萼梅，正开花，灯光下奇艳逼人。校中诸君又引我们去看红豆树，树高约两丈余。教员沈君说，这株红豆树往往三年才结子一次。沈君藏有红豆，拿来遍赠我们几个同游的人。红豆大于檀香山的相思子约一倍，生在豆荚里，荚长约一寸半。

游岩洞时，我问此岩何名，他们说："向来没有岩名，胡先生何不为此岩取一个名字，作个纪念？"我笑说："此去不远有条相思江，岩下又有相思红豆树，何不就叫他做相思岩？"他们都赞许这个名字。次日我在飞机上想起这个相思岩来，就戏仿前夜听得的山歌，作小诗寄题相思岩：

相思江上相思岩，
相思岩下相思豆。
三年结子不嫌迟，
一夜相思叫人瘦。

这究竟是文人的山歌，远不如小儿女唱的道地山歌的朴素而新鲜。

那天我在空中又作了一首小诗，题为《飞行小赞》：

看尽柳州山，
看遍桂林山水，
天上不须半日，
地上五千里。

古人辛苦学神仙，
要守百千戒。
看我不修不炼，
也凌云无碍。

广西的印象

这一年中，游历广西的人发表的记载和言论都很多，都很赞美广西的建设成绩。例如美国传教家艾迪博士（Sherwood Eddy）用英文发表短文说："中国各省之中，只有广西一省可以称为近乎模范省。凡爱国而具有国家的眼光的中国人，必然感觉广西是他们的光荣。"这是很倾倒的赞语。艾迪是一个见闻颇广的人，他虽是传教家，颇能欣赏苏俄的建设成绩，可见他的公道。他说话也很不客气，他在广州作公开讲演，就很明白的赞美广西，而大骂广东政治的贪污。所以他对于广西的赞语是很诚心的。

我在广西住了近两星期，时间不算短了，只可惜广西的朋友要我缴纳特别加重的"买路钱"——讲演的时间太多，观察的时间就少了，所以我的记载是简单的，我的印象也是浮泛的。

广西给我的第一个印象是全省没有迷信的、恋古的反动空气。广州城里所见的读经、祀孔、祀关岳、修寺、造塔，等等中世纪空气，在广西境内全没有了。当西南政务会议的祀孔通令送到南宁时，白健生先生笑对他的同僚说：“我们的孔庙早已移作别用了，我们要祀孔，还得造个新孔庙!”

广西全省的庙宇都移作别用了，神像大都打毁了。白健生先生有一天谈起他在桂林（旧省会）打毁城隍庙的故事，值得记在这里。桂林的城隍庙是最得人民崇信的。白健生先生毁庙的令下来之后，地方人民开会推举了许多绅士去求白先生的老太太，请她劝阻她的儿子。他们说：“桂林城隍庙最有灵应，若被毁了，地方人民必蒙其祸殃。”白老太太对她儿子说了，白先生出来对各位绅士说：“你们不要怕，人民也不用害怕。我可以出一张告示贴在城隍庙墙上，声明如有灾殃完全由我白崇禧一人承当，与人民无干。你们可以放心了吗?”绅士们满意了。告示贴出去了，毁庙要执行了。奉令的营长派一个连长去执行，连长叫排长去执行，排长不敢再往下推了，只好到庙里去烧香祷告，说明这是上命差遣，概不由己，祷告已毕，才敢动手打毁神像！省城隍庙尚且不免打毁，其余的庙宇更不能免了。

我们在广西各地旅行，没有看见什么地方有人烧香拜神的。人民都忙于做工，教育也比较普遍，神权的迷信当然不占重要地位了。庙宇里既没有神像，烧香的风气当然不能发达了。

在这个破除神权迷信的风气里，只有一个人享受一点特殊的优容。那个人就是总部参军季雨农先生。季先生是合肥人，能打拳，为人豪爽任侠；当民国十六年，张宗昌部下的兵攻合肥，他用乡兵守御县城甚久。李德邻先生带兵去解了合肥之围，他很赏识这个怪人，就要他跟去革命。季先生是有田地的富人，感于义气，就跟李德邻先生走了。后来李德邻、白健生两先生都很得他的力，所以他在广西很受敬礼。这位季参军颇敬礼神佛，他无事时爱游山水，凡有好山水岩洞之处，若道路不方便，他每每出钱雇人修路造桥。武鸣附近的起凤山亭屋就是他修复的。因为他信神佛，他每每在这种旧有神祠的地方，叫人塑几个小小的神佛像，大都不过一尺来高的土偶，粗劣的好笑。他和我们去游览，每到一处有神像之处，他总立正鞠躬，同行的人笑着对我们说：“这都是季参军的菩萨！”听说柳州立鱼山上的小佛像也是季参军保护的菩萨。广西的神权是打倒的了，只有这一位安徽人保护之下，还留下了几十个小小的神像。

广西给我的第二个印象是俭朴的风气。一进了广西境内，到处都是所谓“灰布化”。学校的学生、教职员、校长；文武官吏、兵士、民团，都穿灰布的制服，戴灰布的帽子，穿有纽扣的黑布鞋子。这种灰布是本省出的，每套制服连帽子不过四元多钱。一年四季多可以穿，天气冷时，里面可加衫衣；更冷时可以穿灰布棉大衣。上至省主席总司令，下至中学生和普通兵士，一律都穿灰布制服，不同的只在军人绑腿，而文人不绑腿。这种制服的推行，可以省去服装上的绝大糜费。广西人的鞋子，尤可供全国的效法。中国鞋子的最大缺点在于鞋身太浅，又无纽扣，所以鞋子稍旧了，就太宽了，后跟收不紧，就不起步了。广西布鞋学女鞋的办法，加一条扣带，扣在一边，所以鞋子无论新旧，都最便于跑路爬山。

广西全省的对外贸易也有很大的入超。提倡俭朴，提倡用土货，都是挽救入超的最有效方法。在衣服的方面，全省的灰布化可以抵制多少洋布与呢绸的输入！在饮食嗜好方面，洋货用的也很少。吸纸烟的人很少，吸的也都是低价的烟卷，最高贵的是美丽牌。喝酒的也似乎不多，喝的多是本省土酒。有一天晚上，邕宁各学术团体请我们吃西餐——我在广西十四天，只有此一次吃西餐——我看见侍者把啤酒斟在小葡萄酒杯里，席上三四十人，一瓶啤酒还倒不完，因为啤酒有汽，是斟不满杯的。终席只有一大瓶啤酒就可斟两三巡了。我心里暗笑广西人不懂怎样喝啤酒。后来我偶然问得上海啤酒在邕宁要卖一块六角钱一瓶！我才明白这样珍贵的酒当然应该用小酒杯斟的了。我们在广西旅行，使我们更明白：提倡俭朴，提倡土货，都是积极救国的大事，不是细小的消极行为。

广西是一个贫穷的省份，不容易担负新式的建设。所以主持建设的领袖更应该注意到人民的经济负担的能力。即如教育，岂不是好事？但办教育的人和视学的人眼光一错，动机一错，注重之点若在堂皇的校舍，冬夏的操衣等等，那样的教育在内地就都可以害人扰民了。我们在邕宁、武鸣各地的乡间看见小学堂的学生差不多全是穿着极破烂的衣裤，脚下多是赤脚，偶有穿鞋的，也是穿破烂的鞋子。固然广西的冬天不大冷，所以无窗户可遮风的破庙，也不妨用作校舍，赤脚更是平常的事。然而我们在邕宁的时候，稍有阴雨，也就使人觉得很寒冷（此地有“四时常是夏，一雨便成秋”的古话）。乡间小学生的褴褛赤脚，正可以表示广西办学的人的俭朴风气。我在邕宁乡间看的那个小学还是“广西普及国民基础教育研究院”的一个附属小学哩。广西教育厅长雷沛鸿先生正在进行全省普及教育的计划，请了几位专家在这研究院里研究实行的步骤和国民基础教育的内容。他们的计划大旨是要做到全省每村至少有一个国民基础学校，要使八岁到十二岁的儿童都能受两年的基础教育。我看了那些破衣赤脚的小学生，很相信广西的普及教育是容易成功的。这样的学堂是广西人民负担得起的，这样的学生是能回到农村生活里去的。

广西给我的第三个印象是治安。广西全省现在只有十七团兵，连兵官共有二万人，可算是真能裁兵的了。但全省无盗匪，人民真能享治安的幸福。我们作长途旅行，半夜后在最荒凉的江岸边泊船，打起火把来游岩洞，惊起茅蓬里的贫民，但船家和客人都不感觉一毫危险。汽车路上，有山坡之处，往往可见一个灰布少年，拿着枪杆，站在山上守卫。这不是军士，只是民团的团员在那儿担任守卫的义务。

广西本来颇多匪祸，全省岩洞最多，最容易窝藏盗匪。有人对我说，广西人从前种田的要背着枪下田，牧牛的要背着枪赶牛。近年盗匪肃清，大原因在于政治清明，县长不敢不认真作事，民团的组织又能达到农村，保甲的制度可以实行，清乡的工作就容易了。人民的比较优秀分子又往往受过军事的训练，政府把旧式枪械发给民团，人民有了组织，又有武器，所以有自卫的能力。广西诸领袖常说他们的“三自政策”——自卫，自给，自治。现在至少可以说是已做到了人民自卫的一层。我们所见的广西的治安，大部分是建筑在人民的自卫力之上的。

在这里，我可以连带提到广西给我的第四个印象，那就是武化的精神。我用“武化”一个名词，不是讥讽广西，实是颂扬广西。我的朋友傅孟真先生曾说：“学西洋的文明不难，最难学的是西洋的野蛮。”他的意思是说，学西洋文化不难，学西洋的武化最难。我们中国人的聪明才智足够使我们学会西洋的文明，但我们的传统的旧习惯、旧礼教，都使我们不能在短时期内学会西洋人的尚武风气。西洋民族所到的地方，个个国家都认识他们的武力的优越，然而那无数国家之中，只有一个日本学会了西洋的武化，其余的国家——从红海到太平洋——没有一个学会了这个最令人歆羡而又最不易学的方面。然而学不会西洋武化的国家，也决没有工夫来好好的学习西洋的文化，因为他们没有自卫力，所以时时在救亡图存的危机中，文化的努力是不容易生效力的。

中国想学人家的武化（强兵），如今已不止六十年了，始终没有学到家。这是很容易解释的。中国本是一个受八股文人统治的国家，根本就有贱视武化的风气，所以当日倡办武备学堂和军官学校的大臣，决不肯把他们自己的子弟送进去学武备。日本所以容易学会西洋的武化，正因为武士在封建的日本原是地位最高的一个阶级。在中国，尽管有歌颂绿林好汉的小说，当兵却是社会最贱视的职业，比做绿林强盗还低一级！在这种心理没有转变过来的时候，武化是学不会的。

在最近十年中，这种心理才有点转变了。转变的原因是颇复杂的：第一是新式教育渐渐收效了，“壮健”渐渐成为人们羡慕的对象了，运动场上的好汉也渐渐被社会崇拜了。第二是辛亥革命以来中央与各省的政权往往落在军人手里，军人的地位抬高了。第三是民国十四五年之间，革命军队有了主义的宣传，多有青年学生的热心参加，使青年人对于“革命军人”发生信仰与崇羡。第四是最近四年的国难，尤其是淞沪之战与长城之战，使青年人都感觉武装捍卫国家是一种最光荣的事业——这里最后的两个原因，是上文所说的心理转变的最重要原因。军人的可羡慕，不在乎他们的地位之高或威权之大，而在乎他们的能为国家出死力，为主义出死力。这才是心理转变的真正起点。

可惜这种心理转变来的太缓，太晚，所以我们至今还不曾做到武化，还不曾做到民族国家的自卫力量。但在全国各省之中，广西一省似乎是个例外。我们在广西旅行，不能不感觉到广西人民的武化精神确是比别省人民高的多，普遍的多。这不仅仅是全省灰布制服给我们的印象，也不仅仅是民团制度给我们的印象。我想这里的原因：一部分是历史的，一部分是人为的。一是因为广西民族中有苗、猺、獞、狪、狑、猓猓（今日官书均改写“傜、童、同、令、果果”）诸原种，富有强悍的生活力，而受汉族柔弱文化的恶影响较少（广西没有邹鲁校长和古直主任，所以我这句话是不会引起广西朋友的误会的）。一是因为太平天国军的威风至今还存留在广西人的传说里。一是因为广西在近世史上颇有受民众崇拜的武将，如刘永福、冯子材之流，而没有特别出色的文人，所以民间还不曾有重文轻武的风气。一是因为在最近的革命战史上，广西的军队和他们的领袖曾立大功，得大名，这种荣誉至今还存在民间。一是因为最近十年中，全省虽然屡次经过大乱，收拾整顿的工作都是几个很有能力的军事领袖主持的，在全省人民的心目中，他们是很受崇敬的——因为这种种原因，广西的武化，似乎比别省特别容易收效。我到邕宁的时候，还在“新年”时期，白健生先生邀我到公共体育场去看“舞狮子”的竞赛，狮子有九队，都是本地公务人员和商人组织的。舞狮子之外，还有各种武术比赛，参加的有不少的女学生，有打拳的，有舞刀的。利用“过年”来提倡尚武的精神，也是广西武化的一种表示。至于民团训练的成绩是大家知道的。广西学校里的军事训练，施行比别省早，成绩也比别省好。在学校里，不但学生要受军训，校长、教职员也要受军训，所以学校里的“大队长”的地位与权力往往比校长高的多。中央颁布的兵役法，至今未能实行，广西却已在实行了；去冬之后，军队需要补充，省府实行征兵八千名，居然如期满额。若在江南各省，能做到这样的成绩吗？广西征兵之法是预先在各地宣传国民服兵役的重要和光荣；由政府派定各区应抽出的壮丁的比例，例如某村有壮丁百人，应征二十分之一，村长（即小学校长，即后备队队长）即召集这一百壮丁，问谁愿应征；若愿去者满五人，即已足额；若不足五人，即用抽签法决定谁先去应征。这次征来的新兵，我们在桂林遇见一些，都是很活泼高兴的少年，有进过中学一两年的，有高小毕业的。在那独秀峰最高亭子上的晚照里，我们看那些活泼可爱的灰布青年在那儿自由眺望，自由谈论，我们真不胜感叹国家民族争生存的一线希望是在这一辈武化青年的身上了！

广西给我的印象，大致是很好的。但是广西也有一些可以使我们代为焦虑的地方。

第一，财政的困难是很明显的。广西是个地瘠民贫的地方，担负那种种急进的新建设，是很吃力的。据第一回《广西年鉴》的报告，二十二年度的全省总收入五千万元之中，百分之三十五有零是“禁烟罚金”，这是烟土过境的税收。这种收入是不可靠的；将来贵州或不种烟了，或出境改道了，都可以大影响到广西省库的收入。同年度总支出五千二百万元之中，百分之四十是军务费，这在一个贫瘠的省份也是很可惊的数字。万一收入骤减了，这样巨大的军务费是不是能跟着大减呢？还是裁减建设经费呢？还是增加人民负担呢？

第二，历史的关系使广西处于一个颇为难的政治局势，成为所谓“西南”的一部分。这个政治局势，无论对内对外都是很为难的。我们深信李德邻、白健生诸先生的国家思想是很可以依赖的，他们也曾郑重宣言他们绝无用武力向省外发展的思想。白先生曾对我说：“当我们打散敌人军队之后，贵州人要求我们的军队驻扎贵州，我们还不肯留。我们决不会打别省的主意。”这是我们可以相信的。但我们总觉得两广现在所处的局势，实在不能适应现时中国的国难局面。现在国人要求的是统一，而敌人所渴望的是我们的分裂。凡不能实心助成国家的统一的，总不免有为敌人所快意的嫌疑。况且这个独立的形势，使两广时时感觉有对内自保的必要，因此军备就不能减缩，而军费就不能不扩张。这种事实，既非国家之福，又岂是两广自身之福吗？

第三，我们深信，凡有为的政治——所谓建设——全靠得人与否。建设必须有专家的计划，与专家的执行。计划不得当，则伤财劳民而无所成。执行不得当，则虽有良法美意，终归于失败。广西的几位领袖的道德、操守、勤劳，都是我们绝对信任的。但我们观察广西的各种新建设，不能不感觉这里还缺乏一个专家的“智囊团”做设计的参谋本部；更缺乏无数多方面的科学人才做实行计划的工作人员。最有希望的事业似乎是兽医事业，这是因为主持的美国罗铎（Rodier）先生是一位在菲律宾创办兽医事业多年并且有大成效的专家。我们看他带来的几位菲律宾专家助手，或在试种畜牧的草料，或在试验畜种，或在帮助训练工作人员，我们应该可以明白一种大规模的建设事业是需要大队专家的合作的，是需要精密的设备的，是需要长时期的研究与试验的，是需要训练多数的工作人员的。然而邕宁人士的议论已颇嫌罗铎的工作用钱太多了，费时太久了，用外国人太多了，太专断不爱商量了。“求治太急”的毛病，在政治上固然应该避免，在科学工艺的建设上格外应该避免。我在邕宁的公务人员的讲演会上，曾讲一次“元祐党人碑”，指出王荆公的有为未必全是，而司马温公诸人的主张无为未必全非。有为政治有两个必要的条件：一是物质的条件，如交通等等；一是人才的条件。所谓人才，不仅是廉洁有操守的正人而已，还须要有权威的专家，能设计能执行的专家。这种条件若不具备，有为的政治是往往有错误或失败的危险的。

尾　声

一月二十六日早晨，胡佛总统船开了。我在船上无事，读了但怒刚先生送我的一册粤讴。船上遇着何克之先生，下午我到他房里去闲谈，见他正在做黄花岗凭吊的诗。我一时高兴，就用我从粤讴里学来的广州话写了一首诗。后来到了上海、南京，我把这首诗写出请几位广东朋友改正。改定本是这样的：

黄花岗

黄花岗上自由神，
手楂火把照乜人？
咪话火把唔够亮，
睇佢吓倒大将军。

我题桂林良丰的“相思岩”山歌，已记在前面了。后来我的朋友寿生先生看见了这首山歌，他说它不合山歌的音节，不适宜于歌唱。他替我修改成这个样子：

相思江上相思岩，
相思豆儿靠岩栽，
（他）三年结子不嫌晚，
（我）一夜相思也难挨。

寿生先生生长贵州，能唱山歌，这一支我也听他唱过，确是哀婉好听。我谢谢他的好意。

二十四，八，十二

庐山游记

四月三日的早晨，我走过沈昆三先生的门口，他见了我，便说：“适之，昨晚上我同梦旦想来看你，我们想邀你逛庐山去。”我问何时去，昆三说：“明晚就行，船票都定好了，你去不去?”我问还有谁去。他说：“高梦旦、蒋竹庄、你和我。”

我想，要我自动地去逛庐山，那是不容易做到的事。我在北京九年，没有游过长城，我常常笑我自己。任叔永常说，“当趁我们脚力尚健时，多游几处山水”。我想起了叔永的话，便联想到前十天我因脚上有一块红肿，竟有六天不能下楼。这双脚从来没有享过这样清福，现在该让他们松动松动了。

所以我便问昆山道：“我可以带我的儿子去吗?”他说：“带他到船上再补票。明天晚上，太古码头，吴淞船上再见。”

十七，四，七

船到九江，已一点一刻。

先到商务印书馆，经理王少峰先生替我们招呼，雇人力车到汽车公司。九江表面情形同我两年前所见没有什么不同，除了几处青天白日旗之外，看不出什么革命影响。路上见两个剪了发的女子，这是两年前没有的。

汽车到莲花洞，即由汽车公司中人替我们雇藤轿上山，经过斗笠树、踏水河、月弓堑、小天池等处，到牯岭。踏水河以上，山路很陡峻，很不易行。小天池为新辟地，几年前志摩、歆海都说此地很好，将来可以发展。我们今天不曾去看此地，但望见其一角而已。

到牯岭住的是胡金芳旅馆。主人胡君给我们计划三天的游玩路程如下：

八日（上午）御碑亭、仙人洞、大天池。

（下午）五老峰、三叠泉、海会寺。

九日由海会寺到白鹿洞、万杉寺、秀峰寺、青玉峡、归宗寺、温泉。

十日由归宗寺到观音桥、金井、玉渊、栖贤寺、含鄱口、黄龙寺。

梦旦带有吴炜的《庐山志》（淮南李滢，歙州闵麟嗣大概是实际编辑人，书成于康熙七年），共十五卷，我借来翻看。这也是临时抱佛脚的工作。此书篇幅太多，编辑又没有条理——二百多年前的路径是不能用作今日的游览程序的——故匆匆翻读，很难得益处。

十七，四，八

七点起程。因《山志》太繁，又借得陈云章、陈夏常合编的《庐山指南》（商务出版社出版，十四年增订四版）作帮助。

将起程时，见轿夫玩江西纸牌，引起我的注意，故买了一副来查考，果有历史价值。此牌与福建牌、徽州牌，同出于马吊，源流分明。一万至九万皆有水浒人物画像。一吊至九吊，一文至九文，则都没有画像了。此二十七种各有四张，共百零八张。另有千万四张，枝花（一枝花蔡庆）四张，“全无”（轿夫说，湖北人叫做“空文”则与吊更合）四张，此则今之中、发、白三种之祖。空文即“零”，故今为“白板”。以上共百二十张。另有福、禄、寿、喜、财五种，各一张，则“花”也。共一百二十五张。

徽州牌有“枝花”五张，“喜”五张，“千万”五张，“王英”（矮脚虎）五张。

到御碑亭。亭在白鹿升仙台上（此据《旧志》，今则另有一“白鹿升仙台”，其实是捏造古迹也）。地势高耸，可望见天池及西北诸山。亭内有碑，刻明太祖的《周颠仙人传》全文。此文见《庐山志》二，页三十六—四十一，叙周颠事最详，说他在元末天下未乱时，到处说“告太平”，后来“深入匡庐，不知所之”。末又记赤脚僧代周颠及天眼尊者送药治太祖的病事。此传真是那位“流氓皇帝”欺骗世人的最下流的大文章。王世贞《游东林天池记》（《庐山志》二，页二十八）论此碑云：

> 颠圣凡不足论，天意似欲为明主一表征应，以服众志耳。

这句话说尽明太祖的欺人心事。自明以来，上流社会则受朱熹的理学的支配，中下社会则受朱元璋的“真命天子”的妖言的支配，二朱狼狈为奸，遂造成一个最不近人情的专制社会。

济颠和尚的传说似与周颠的神话有关，将来当考之（小说《英烈传》说周颠故事甚详）。

御碑亭下为佛手崖，更下为仙人洞，有道士住在此，奉的是吕祖，神龛俗气可厌。

由此往西，到天池寺。天池本在天池山顶，朱熹《山北纪行》所谓“天池寺在小峰绝顶，乃有小池，泉水不竭”（《志》一，页七）是也。今之天池寺似非旧址，寺中亦有池水；寺极简陋，宋明诸人所游览咏叹的天池寺，今已不存片瓦。寺西有庐山老母亭，有乡间小土地庙那么大，时见乡下人来跪拜。遥望山岗上有新起塔基，人说是旧日的天池塔，《旧志》说是韩侂胄建的，毁于洪杨之乱，仅存五级，去年唐生智最得意时，毁旧塔，出资重建新塔，仅成塔基，而唐已下野了。朱和尚假借周颠的鬼话，装点天池，遂使这一带成为鬼话中心。唐和尚（唐生智信佛教，在他势力所及的几省大倡佛教）也想装点天池，不幸鬼话未成立，而造塔的人已逃到海外。朱和尚有知，不知作何感想。

天池寺在明朝最受帝室礼敬，太祖在此建聚仙亭，祀周颠等，赐铜鼓象鼓；宣德时，恩礼犹未衰。王守仁于正德已卯擒宸濠，明年游天池，有诗三首，最有名。其中一首云：

天池之水近无主，木魅山妖竟偷取。
公然又盗岩头云，却向人间作风雨。

又《文殊台夜观佛灯》一首云：

老夫高卧文殊台，拄杖夜撞青天开。
撒落星辰满平野，山僧尽道佛灯来。

此老此时颇有骄气，然他的气象颇可喜。今则天池已不成个东西，仅有赤脚乡下人来此跪拜庐山老母而已！

我们回到旅馆吃午饭，饭后起程往游山南。经过女儿城、大月山、恩德岭等处，山路极崎岖，山上新经野烧，无一草一木，使人厌倦。大月山以后，可望见五老峰之背，诸峰打成一片，形如大灵芝，又如大掌扇，耸向鄱阳湖的方面，远望去使人生一种被压迫而向前倾倒的感觉。平常图中所见五老峰皆其正面，气象较平易，远不如背景的雄浑逼人。

鄱阳湖也在望中，大孤山不很清楚，而鞋山一岛很分明，望远镜中可见岛上塔庙。湖水正浅，多淤地，气象殊不伟大。

梦旦带有测高器，测得山高度如下：

牯岭（胡金芳旅馆）	一五〇公尺
女儿城	一三八〇公尺
大月山	一五五〇公尺
恩德岭	一五五〇公尺

据此则大月山高五千〇三十八英尺。陈氏《指南》说：

> 大月山计高四千六百尺，较汉阳峰低百六十尺（页六十五）。

不知是谁的错误。《指南》（页四十一）又说：

> 汉阳峰高出海面四千七百六十尺。

据牯岭测量原工程师 **John Berkin** 说，他不曾实测过汉阳峰，陈氏所据不知是何材料。

途中看三叠泉瀑布，源出大月山，在五老峰的背面。这时正当水少的时候，三叠泉并不见如何出色。这也许是因为我们在对山高处远望，不能尽见此瀑布的好处，也许是因为我曾几次看过尼格拉大瀑布（**Niagara Falls**）；但我看了此泉后，读王世懋、方以智诸人惊叹此瀑布的文字（《庐山志》九，页十七，又十九），终觉得他们的记载有点不实在。梦旦先生也说，此瀑大不如雁荡的瀑泉。

庐山多瀑布，但唐宋人所称赞的瀑布大都是山南的一些瀑布，尤其是香炉峰、双剑峰一带的瀑布。他们都不曾见三叠泉。方以智说：

> 阅张世南《纪闻》载水帘三叠以绍熙辛亥始见。
>
> （《志》九，页二十）

《庐山志》又引范礽云：

> 新瀑之胜，其见知人间始于绍熙辛亥（一一九一）年。至绍定癸巳（一二三三），汤制干仲能品题之，以为不让谷帘，有诗寄张宗端曰：……鸿渐但知唐代水，涪翁不到绍熙年。从兹康谷宜居二，试问真岩老咏仙。
>
> （九，页二十一）

朱熹《送碧崖甘叔怀游庐阜》三首之二云："直上新泉得雄观，便将杰句写长江。"自跋云："新泉近出，最名殊胜，非三峡、漱石所及，而余未之见，故诗中特言之……"此可证三叠泉之发现在朱子离开南康以后。

过山入南康境，树木渐多，山花遍地，杜鹃尤盛开，景色绝异山北。将近海会寺时，万松青青，微风已作松涛。松山五老峰峥嵘高矗，气象浑穆伟大。一个下午的枯寂干热的心境，到此都扫尽了。

到海会寺过夜。海会寺不见于《旧志》；即古代的华严寺遗址，后（《指南》说，清康熙时）改为海会庵。光绪年间，有名僧至善住此，修葺增大，遂成此山五大丛林之一（《指南》说，重建在癸卯）。

寺僧说寺中有高阁可望见鄱阳湖与五老峰，因天晚了我们都没有上去。寺中藏有赵子昂书写的《法华经》，很有名；我们不很热心去看，寺僧也就不拿出来请我们看。我问他借看至善之徒普超用血写的《华严经》八十一卷全部。他拿出《普贤行愿品》来给我们看，并说普超还有血书《法华经》全部。《华严经》有康有为、梁启超两先生的题跋，梁跋很好。此外题跋者很多，有康白情的一首诗尚好，但后序中有俗气的话。

刺血写经是一种下流的求福心理。但我们试回想中古时代佛教信徒舍身焚身的疯狂心理，便知刺血写经已是中古宗教的末路了。庄严伟大的寺庙已仅存破屋草庵；深山胜地的名刹已变作上海租界马路上的“下院”了；憨山莲池的中兴事业也只是空费了一番手足，终不能挽救已成的败局。佛教在中国只剩得一只饭碗，若干饭桶。中古宗教是过去的了。

寺中有康有为先生光绪己丑（一八八九）题赠至善诗的真迹，署名尚是“长素康祖诒”，书法比后来平易多了。至善临终遗命保存此诗卷，故康先生戊午（一九一八）重来游作诗很有感慨，有“旧墨笼纱只自哀”之语。后来他游温泉，买地十亩，交海会寺收管，以其租谷所入作为至善的香火灯油费（温泉买地一节，是归宗寺僧告我的）。

十七，四，九

昨夜大雨，终夜听见松涛声与雨声，初不能分别，听久了才分得出有雨时的松涛与雨止时的松涛，声势皆很够震动人心，使我终夜睡眠甚少。

早起雨已止了，我们就出发。从海会寺到白鹿洞的路上，树木很多，雨后青翠可爱。满山满谷都是杜鹃花，有两种颜色，红的和轻紫的，后者更鲜艳可喜。去年过日本时，樱花已过，正值杜鹃花盛开，颜色种类很多，但多在公园及私人家中见之，不如今日满山满谷的气象更可爱。因作绝句记之：

长松鼓吹寻常事，最喜山花满眼开。
嫩紫鲜红都可爱，此行应为杜鹃来。

到白鹿洞，书院旧址前清时用作江西高等农业学校，添有校舍，建筑简陋潦草，真不成个样子。农校已迁去，现设习林事务所。附近大松树都钉有木片，写明保存古松第几号。此地建筑虽极不堪，然洞外风景尚好。有小溪，浅水急流，铮淙可听；溪名贯道溪，上有石桥，即贯道桥，皆朱子起的名字。桥上望见洞后诸松中一松有紫藤花直上到树杪，藤花正盛开，艳丽可喜。

白鹿洞本无洞，正德中，南康守王溱开后山作洞，知府何浚凿石鹿置洞中。这两人真是大笨伯！

白鹿洞在历史上占一个特殊地位，有两个原因。第一，因为白鹿洞书院是最早的一个书院。南唐升元中（九三七—九四二）建为庐山国学，置田聚徒，以李善道为洞主。宋初因置为书院，与睢阳、石鼓、岳麓三书院并称为“四大书院”，为书院的四个祖宗。第二，因为朱子重建白鹿洞书院，明定学规，遂成后世几百年“讲学式”的书院的规模。宋末以至清初的书院皆属于这一种。到乾隆以后，朴学之风气已成，方才有一种新式的书院起来；阮元所创的诂经精舍，学海堂，可算是这种新式书院的代表。南宋的书院祀北宋周、邵、程诸先生；元明的书院祀程朱；晚明的书院多祀阳明；王学衰后，书院多祀程朱。乾嘉以后的书院乃不祀理学家而改祀许慎、郑玄等。所祀的不同便是这两大派书院的根本不同。

朱子立白鹿洞书院在淳熙己亥（一一七九），他极看重此事，曾札上丞相说：

> 愿得比祠官例，为白鹿洞主，假之稍廪，使得终与诸生讲习其中，犹愈于崇奉异教香火，无事而食也。
>
> （《志》八，页二，引《洞志》）

他明明指斥宋代为道教宫观设祠官的制度，想从白鹿洞开一个儒门创例来抵制道教。他后来奏对孝宗，申说请赐书院额，并赐书的事，说：

> 今老佛之宫布满天下，大都逾百，小邑亦不下数十，

而公私增益势犹未已。至于学校，则一郡一邑仅置一区；附郭之县又不复有。盛衰多寡相悬如此！

（同上，页三）

这都可见他当日的用心。他定的《白鹿洞规》，简要明白，遂成为后世七百年的教育宗旨。

庐山有三处史迹代表三大趋势：（一）慧远的东林，代表中国“佛教化”与佛教“中国化”的大趋势。（二）白鹿洞，代表中国近世七百年的宋学大趋势。（三）牯岭，代表西方文化侵入中国的大趋势。

从白鹿洞到万杉寺。古为庆云庵，为“律”居，宋景德中有大超和尚手种杉树万株，天圣中赐名万杉。后禅学盛行，遂成“禅寺”。南宋张孝祥有诗云：

老干参天一万株，庐山佳处着浮图。
只因买断山中景，破费神龙百斛珠。

（《志》五，页六十四，引《程史》）

今所见杉树，粗仅如瘦腕，皆近年种的。有几株大樟树，其一为“五爪樟”，大概有三四百年的生命了；《指南》说“皆宋时物”，似无据。

从万杉寺西行约二三里，到秀峰寺。吴氏《旧志》无秀峰寺，只有开先寺。毛德琦《庐山新志》（康熙五十九年成书，我在海会寺买得一部，有同治十年、宣统二年、民国四年补版。我的日记内注的卷页数，皆指此本）说：

> 康熙丁亥（一七〇七）寺僧超渊往淮迎驾，御书秀峰寺赐额，改今名。

开先寺起于南唐中主李景。李景年少好文学，读书于庐山；后来先主代杨氏而建国，李景为世子，遂嗣位。他想念庐山书堂，遂于其地立寺，因有开国之祥，故名为开先寺，以绍宗和尚主之。宋初赐名开先华藏；后有善暹，为禅门大师，有众数百人。至行瑛，有治事才，黄山谷称“其材器能立事，任人役物如转石于千仞之溪，无不如意”。行瑛发愿重建此寺。

> 开先之屋无虑四百楹，成于瑛世者十之六，穷壮极丽，迄九年乃即功。
>
> （黄庭坚《开先禅院修造记》，《志》五，页十六至十八）

此是开先极盛时。康熙间改名时，皇帝赐额，赐御书《心经》，其时“世之人无不知有秀峰”（郎廷极《秀峰寺记》，《志》五，页六至七），其时也可称是盛世。到了今日，当时所谓“穷壮极丽”的规模只剩败屋十几间，其余只是颓垣废址了。读书台上有康熙帝临米芾书碑，尚完好；其下有石刻黄山谷书《七佛偈》，及王阳明正德庚辰（一五二〇）三月《纪功题名碑》，皆略有损坏。

寺中虽颓废令人感叹，然寺外风景则绝佳，为山南诸处的最好风景。寺址在鹤鸣峰下，其西为龟背峰，又西为黄石岩，又西为双剑峰，又西南为香炉峰，都嵚奇可喜。鹤鸣与龟背之间有马尾泉瀑布，双剑之左有瀑布水；两个瀑泉遥遥相对，平行齐下，下流入壑，汇合为一水，迸出山峡中，遂成最著名的青玉峡奇景。水流出峡，入于龙潭。昆三与祖望先到青玉峡，徘徊不肯去，叫人来催我们去看。我同梦旦到了那边，也徘徊不肯离去。峡上石刻甚多，有米芾书“第一山”大字，今钩摹作寺门题榜。

徐凝诗“今古长如白练飞，一条界破青山色”，即是咏瀑布水的。李白《瀑布泉》诗也是指此瀑。《旧志》载瀑布水的诗甚多，但总没有能使人满意的。

由秀峰往西约十二里，到归宗寺。我们在此午餐，时已下午三点多钟，饿的不得了。归宗寺为庐山大寺，也很衰落了。我向寺中借得《归宗寺志》四卷，是民国甲寅先勤本坤重修的，用活字排印，错误不少，然可供我的参考。

我们吃了饭，往游温泉。温泉在柴桑桥附近，离归宗寺约五六里，在一田沟里，雨后沟水浑浊，微见有两处起水泡，即是温泉。我们下手去试探，一处颇热，一处稍减。向农家买得三个鸡蛋，放在两处，约七八分钟，因天下雨了，取出鸡蛋，内里已温而未熟。田陇间有新碑，我去看，乃是星子县的告示，署民国十五年，中说，接康南海先生函述在此买田十亩，立界碑为记的事。康先生去年死了。他若不死，也许能在此建立一所浴室。他买的地横跨温泉的两岸。今地为康氏私产，而业归海会寺管理，那班和尚未必有此见识作此事了。

此地离栗里不远，但雨已来了，我们要赶回归宗，不能去寻访陶渊明的故里了。道上见一石碑，有“柴桑桥”大字。《旧志》已说“渊明故居，今不知处”（四，页七）。桑乔疏说，去柴桑桥一里许有渊明的醉石（四，页六）。《旧志》又说，醉石谷中有五柳馆，归去来馆。归去来馆是朱子建的，即在醉石之侧。朱子为手书颜真卿《醉石诗》，并作长跋，皆刻石上，其年月为淳熙辛丑（一一八一）七月（四，页八）。此二馆今皆不存，醉石也不知去向了。庄百俞先生《庐山游记》说他曾访醉石，乡人皆不知，记之以告后来的游者。

今早轿上读《旧志》所载宋周必大《庐山后录》，其中说他访栗里，求醉石，土人直云，“此去有陶公祠，无栗里也”（十四，页十八）。南宋时已如此，我们在七百年后更不易寻此地了，不如缺疑为上。《后录》有云：

> 尝记前人趣题云：
>
> 五字高吟酒一瓢，庐山千古想风标。
> 至今门外青青柳，不为东风肯折腰。
>
> 惜乎不记其姓名。

我读此诗，忽起一感想：陶渊明不肯折腰，为什么却爱那最会折腰的柳树？今日从温泉回来，戏用此意作一首诗：

陶渊明同他的五柳

当年有个陶渊明，不惜性命只贪酒。
骨硬不能深折腰，弃官回来空两手。
瓮中无米琴无弦，老妻娇儿赤脚走。
先生吟诗自嘲讽，笑指篱边五株柳：
“看他风里尽低昂！这样腰肢我无有。”

晚上在归宗寺过夜。

归宗寺最多无稽的传说，试考订其最荒谬的几点，以例其余：

（一）传说归宗寺是王羲之解浔阳郡守后，舍宅为西域僧佛陀耶舍造的（《志》四，页二十四，引桑疏）。此说之谬，《归宗志》已辨之。《归宗志》说：

> 考《晋史》，佛陀耶舍于安帝义熙十年甲寅（四一四）始至庐山；羲之守九江在成帝咸康初。归宗寺则咸康六年（三四〇）所造也。前后相去六十余年。当知所请为达磨多罗，而耶舍实金轮开山，继主归宗耳。
>
> （《庐山志》四，页二十五引）

《归宗志》能指出王羲之不曾为佛陀耶舍造寺，是很对的。但他又说，羲之所请为达磨多罗，那又是极荒谬的杜撰典故。达磨多罗的《禅经》是庐山道场译出的，但达磨多罗从不曾到过中国。此可见羲之造寺之说，全出捏造。咸康六年之说亦无据。

（二）归宗寺有王羲之洗墨池，羲之造寺之说大概因此而起。宋荦《商丘漫语》已辨之，他说：

> 临池而池水黑者，谓园墨之多也。羲之虽善书安能变地脉，易水色，使之久而犹黑哉？
>
> （《志》四，万二十六引）

知道了墨池之不可信，便知因此而起之羲之造寺说也不可信。

（三）归宗寺背后山上有金轮峰，峰上有舍利塔，庄百俞《游记》说：

> 金轮峰顶有铁塔，佛陀耶舍负铁于峰顶成之，以藏如来舍利。

这是最有趣的传说，其说始见于释庆宜的《复生松记略》，《毛志》（四，页三十一）始引之。庆宜大概是康熙时人。二三百年来，此说已牢不可破了。今试考其来源，指其荒谬：

（A）《旧志》引《神僧传》中的《佛陀耶舍传》，从无说他负铁造塔藏舍利的话，也无王羲之为他造寺的话。

（B）周必大《庐山录》云：

> 石镜溪上直紫霄峰，铁塔在焉……
>
> （《志》十四，页十五）

又他的《庐山后录》云：

> 三将军正庙……自归宗登山，才里余。又其上八里，则紫霄峰，峰顶有铁浮图九级，藏舍利。远望如枯木，而晋梵僧耶舍亦有坟在其上。
>
> （《志》十四，页十八）

这是我们所得的最早记载。可见南宋时已有铁塔，但不名耶舍塔，其峰名紫霄峰（《庐山录》下文另有一个金轮峰）。其时已捏造出一座耶舍坟，用意在于坐实王羲之为耶舍造寺的传说，却不再与塔发生关系。

（C）元延祐已卯（一三一五）李洞有《庐山游记》，中说：

> 从报国寺、杏坛间遥望白云、紫霄诸峰，森犹紫笋，矗其巅耶舍塔，冠簪玉如。
>
> （十四，页三十五）

其时人已不知耶舍墓，而此塔遂叫做耶舍塔了，但其峰仍名紫霄峰。

（D）明嘉靖中桑乔作《庐山纪事》（自序在嘉靖辛酉，一五六一）即《旧志》所称《桑疏》，为后来《庐山志》的根据。他说：

耶舍塔山在般若峰东……明正统中（约一四四〇），为雷所击摧折，惟一级存。

此时去正统不很远，其言可信。那时人已不知紫霄峰之名了，但称耶舍塔山。《旧志》因袭此说，故云：

峰从山腰拔起，峭丽如簪玉笋。然无名，以塔得名。

（《志》四，页二十）

（E）此塔正统间被雷毁去之后，至万历间，僧修慈重修（据《归宗寺志》）。《旧山志》不记此事；毛氏《续志》也不记此事，但有施闰章诗云：

铁塔孤飞峰顶烟。

（《志》四，页三十七）

又王养正（死于清初）诗云：

塔耸金轮舍利藏。

皆可证明末清初塔已修好了。王养正诗说“塔耸金轮”，又可证晚明以后的人都误认塔所在之峰为金轮峰。其实金轮峰在归宗寺后，山并不高，《旧日志》明说他“形如轮”（四，页二十五），与那“峭丽如簪玉笋”的耶舍塔山显然是两处。《旧志》卷首有地图（图五），归宗之上为金轮，再上为观音岩，再上为耶舍塔山，可以为证。但后人皆不知细考；《归宗寺志》（民国三年活字本）卷二也遂认此塔所在之山为金轮峰。陈氏《指南》，庄百俞《游记》皆沿其误。于是宋人所谓紫霄峰，一变而为耶舍塔山，再变而为金轮峰了。寺后之金轮峰从此高升两级，张冠李戴，直到如今。

（F）元人误称此塔为耶舍塔，以后遂有耶舍负铁上山顶造塔的谬说出来。庆宜作《复生松记略》，便直说：

> 耶舍躬负铁于金轮峰顶为浮屠以藏如来舍利。

其时考证之学风渐起，故《归宗旧志》（《庐山志》所引）竟能证明耶舍与王羲之的年代相差六十余年（引见上文）。但这班和尚总不肯使耶舍完全脱离关系，故一面否认耶舍为归宗开山之祖，一面又扩大耶舍造塔的神话，于是有“金轮开山，继主归宗”（引见上文）的调和论。毛德琦《续志》说的更荒谬了：

> 耶舍尊者定中三见轮峰，乃奉佛舍利至匡庐，建塔于顶。
>
> （四，页二十）

于是耶舍之来竟专为造塔来了。

（G）此塔既是神僧负铁所造，自然历久不坏！于是世人皆不信此塔年代之晚。此塔全毁于正统间（见桑乔《纪事》），重修于万历间，再修于乾隆十四年，后来又毁了；至光绪三十一年，海会寺至善之徒碧莲募款重修，得方□□（我偶忘记其名）之助，雇用宁波工匠，用新法铸补。以上均见《归宗志》。此塔孤立山顶，最易触电，故屡次被毁；所谓“新法”大概有避电的设备。此塔今日能孤立矗天，云遮不住，雷打不伤，原来都出宁波工匠用科学新法之赐。但有信心的善男子善女人都不肯研究历史，或仍认为耶舍负铁所造（如庄百俞《游记》），或称其“历久不圮”（《指南》，页五十三）。此事是一个思想习惯的问题，故不可不辨正。

以上是我在船上记的，手头无书，仅据《旧志》所引材料，略加比较参证而已。我回上海后，参考各书，始知佛陀耶舍从不曾到过庐山，一切关于他的传说都可不攻而破了！

梁慧皎《高僧传》的《佛陀耶舍传》中说耶舍于秦弘始十二年（四一〇，即晋义熙六年）在长安译出《四分律》《长阿含》等，至十五年（四一三）解座。

> 耶舍后辞还外国，至罽宾，得《虚空藏经》卷，寄《贾客传》与凉州诸僧，后不知所终。
>
> （金陵刻经处本，卷二，页十六）

这是很明白的记载。他是罽宾人，仍回到罽宾，走的是陆路，决没有绕道江南的必要。他既没有到过庐山，于是：

（1）《归宗志》所谓“考《晋史》，佛陀耶舍于安帝义熙十年甲寅始至庐山”，乃是妄说。《晋书》哪有此事？《王羲之传》也不说他守江州在何年。

（2）《神僧传》说他在“弘始元年译《四分律》并《长阿含》等经……南至庐山，与释慧远会莲社”的话，也是妄说。弘始元年，鸠摩罗什还不曾到长安，何况耶舍？庐山结社的话全无根据。

（3）他既还外国，庐山哪会有他的坟墓？

（4）他既不曾到庐山，哪有王羲之为他造归宗寺之事？哪有他“金轮开山，继主归宗”的事，哪有负铁造舍利塔的事？

我于是更考佛陀耶舍到庐山之说起于何时。日本僧最澄于唐德宗贞元二十年（八〇四）入唐，明年回日本，携有经典多种。他著有《内证佛法相承血脉谱》，中引《传法记》云：

> 达磨大师谓弟子佛陀耶舍云：“汝可往震旦国传法眼”……耶舍奉师付嘱，便附舶来此土……耶舍向庐山东林寺，其时远大师见耶舍来，遂请问……后时耶舍无常。达磨大师知弟子无常，遂自泛船渡来此土……
>
> （《传教大师全集》，卷二，页五一七）

敦煌本《历代法宝记》（伦敦巴黎皆有唐写本，我有影印本。）所记与此略同，但把“佛陀”“耶舍”误截作两个人！此种荒诞的传说起于当日禅宗和尚争法统的时期，其时捏造的法统史不计其数，多没有历史的根据。如上引《传法记》的话，谬处显然，不待辩论。

此为耶舍到庐山之说之最早记载，其起源当在八世纪。后来的《东林十八高贤传》（北宋时始出现，称陈舜俞刊正，沙门怀悟详补）与《神僧传》都更是晚书，皆是删改《高僧传》，而加入到庐山入社一句。李龙眠画《莲社十八贤图》，李元中作记；晁补之续作图，又自作记，皆依此说，此说遂成真史迹了。

但后来这个传说又经过不少变迁，可以作故事演变的一个好例。起初耶舍与庐山的关系只在北山东林寺一带。故《庐山志》（十二上，页二）说：

> 分水岭之西，（东林寺之北）有耶舍塔。

桑乔《纪事》云：

> 耶舍塔，并塔院，西域僧佛陀耶舍建，并废。

后来山南佛寺大兴，也要拉几位神僧来撑场面，于是把耶舍的传说移到山南。于是有王羲之为耶舍造归宗寺的谬说，有耶舍坟的捏造，有耶舍定中三见金轮峰，遂奉舍利来造塔的传说，以至于耶舍负铁至山顶起塔的神话。久而久之，北山的耶舍塔毁了，耶舍的传说也冷淡了；而南山的耶舍塔却屡毁屡造，耶舍的神话也遂至今不绝！

让我再进一步，研究耶舍神话的来历。佛陀耶舍的传说全是抄袭佛陀跋陀罗的故事的。庐山当日确有印度名僧佛陀跋陀罗，《高僧传》（卷二，页十七至廿一）道他在长安时：

语弟子云："我昨见本乡有五舶俱发。"既而弟子传告外人；关中旧僧咸以为显异惑众……大被谤黩……于是率侣宵征，南指庐岳。沙门释慧远久服风名，闻至欣喜……乃遣弟子昙邕致书姚主及关中众僧，解其摈事。远乃请出禅数诸经。贤（佛陀跋陀罗，译言觉贤）志在游化，居无求安；停山岁余，复西适江陵。

他在庐山住了一年多，便到江陵，再移建业道场寺，译出《华严经》等。他死在元嘉六年（四二九），年七十一。

佛陀跋陀罗为《华严》译主，又曾译《禅经》，名誉极大，故神话最多。他和庐山不过一年的因缘，庐山却一定要借重他，故《十八高贤传》说他于元嘉六年"念佛而化，塔于庐山北岭"。《庐山志》（十二上，页二）说：

东林寺之北为上方塔院，有舍利塔。

桑乔说：

舍利塔即上方塔，在平冈之巅。初西域佛陀跋陀罗尊者自其国持佛舍利五粒来，瘗于此山。在东林之上，故曰上方。

南唐保大丙辰（周世宗显德三年，九五六）彭滨奉敕作《舍利塔记》，（《志》十二，页二至四），中叙佛陀跋陀罗在长安时：

……忽尔西望白众曰："适见东国五舶俱来。"众皆责其虚诞，遂出之庐山。未久，五舶俱至，共服其灵通。即持佛舍利五粒，建塔于寺北上方。其后……以元嘉十七年乙亥（此与《高僧传》不合，乙亥为元嘉十二年，亦误。）终于京师……其舍利塔至开元十七年（七二九）……重建，又感舍利十四粒……保大甲寅岁（九五四），奏上重修……

元明之际，王祎有《庐山游记》云：

佛陀耶舍入庐山，常举铁如意示慧远，不悟，即拂衣去。

（十二上，页十七）

明末但宗皋论此事云：

予考诸《灯录》，止载跋陀禅师拈起如意问生公……恐误以跋陀为耶舍耳。

（十二上，百四十二）

其实何止此一事？到庐山的是佛陀跋陀罗，而传说偏要硬拉佛陀耶舍。耶舍"定中三见轮峰"，即是抄跋陀的定中见印度五舶俱发。耶舍造塔藏舍利，即是抄跋陀造塔瘗舍利。故东林之耶舍塔即是抄东林之跋陀舍利塔；而归宗之耶舍利塔却又是抄东林之耶舍塔；其实都是后起的谬说，都没有历史的根据。

十七，四，十四，补记

今夜又见游国恩君的《莲社年月考》（《国学月报汇刊》第一集，页二六五—二六八），游君责备梁任公先生“并《莲社传》亦未寓目”。其实《莲社传》（即《十八高贤传》）乃是晚出的伪书，不足依据。

又记

十七，四，十

从归宗寺出发，往东行，再过香炉、双剑诸峰与马尾、瀑水诸瀑。天气清明，与昨日阴雨中所见稍不同。

到观音桥，此桥本名三峡桥，即栖贤桥，观音桥是俗名。桥建于宋祥符时。桥长约八十尺，跨高岩，临深渊，建筑甚坚壮。桥下即宋人所谓“金井”，在桥下仰看桥身，始知其建筑工程深合建筑原理。桥石分七行，每行约二十余石，每石两头刻作榫头，互相衔接，渐弯作穹门，历九百年不坏。昆三是学工程的，见此也很赞叹。他说：“古时人已知道这样建筑可以经久，可惜他们不研究何以能经久之理。”桥下中行石上刻“维皇宋祥符七年岁次甲寅（一〇一四）二月丁巳朔，建桥，上愿皇帝万岁，法轮常转，雨顺风调，天下民安。谨题”。（字已有不清楚的，此据《旧志》）又刻“福州僧智朗勾当造桥，建州僧文秀教化造桥，江州匠陈智福，弟智汪，智洪”。这是当日的工程师，其姓名幸得保存，不可不记（也据《旧志》六，页三十三）。

金井是一深潭，上有急湍，至此穿石而下，成此深潭，形势绝壮丽。苏东坡《三峡桥诗》写此处风景颇好，故抄其一部分：

吾闻泰山石，积日穿线溜。
况此百雷霆，万世与石斗！
深行九地底，险出三峡右。
长输不尽溪，欲满无底窦。
……
空濛烟雨间，澒洞金石奏。
弯弯飞桥出，潋潋半月彀。
……
垂瓶得清甘，可咽不可漱。

我们又寻得小径，走到上流，在石上久坐，方才离去。

由此更东北行，约二里，近栖贤寺，有“玉渊”，山势较开朗，而奔湍穿石，怒涛飞沫，气象不下乎“金井”。石上有南宋诗人张孝祥石刻“玉渊”二大字。英国人 Berkin 对我说，十几年前，有一队英国游人过此地，步行过涧石上，其一人临流洗脚，余人偶回顾，忽不见此人，遍寻不得。大家猜为失脚卷入潭中：有一人会泅水，下潭试探，也不复出来了。余人走回牯岭，取得捞尸绳具，复至此地，至次日两尸始捞得。此处急流直下，入潭成旋涡，故最善泅水的也无能为力。现在潭上筑有很长的石栏，即是防此种意外的事的。

金井与玉渊皆是山南的奇景，气象不下于青玉峡。由玉渊稍往西，便是栖贤寺，也很衰落了。但寺僧招呼很敏捷；山南诸寺，招待以此处为最好。我们在此午饭。

饭后启行回牯岭。过含鄱岭，很陡峻，我同祖望都下轿步行。岭上有石级，颇似徽州各岭。庄百俞《游记》说这些是民国七年柯凤巢、关鹤舫等集款修筑的，共长八千四百七十英尺。陈氏《指南》说有三千五百余级，长二万五千二百二十一尺。我们不曾考订两说的得失。

岭上有息肩亭，再上为欢喜亭，石上刻有“欢喜亭”三字，又小字“顾贞观书”，大概是清初常州词人顾贞观。由此更上，到含鄱口，为此岭最高点，即南北山分水之岭，此地有张伯烈建的屋。含鄱岭上可望汉阳峰，鄱阳湖则全被白云遮了。

梦旦测得高度如下表：

归宗寺	五〇公尺
三峡桥	三九〇公尺
栖贤寺	一六〇公尺

（梦旦疑心此二处的高度有误）

欢喜亭	七八〇公尺
含鄱口	一二〇〇公尺

《指南》说含鄱岭高三千六百尺，与此数相符。

过含鄱口下山，经俄租界，到黄龙寺。黄龙寺也是破庙，我们不愿在庙里坐，出门看寺外的三株大树，其一为金果树，叶似白果树，据 Berkin 说，果较白果小的多，不可食。其二为柳杉，相传为西域来的“宝树”，真是山村和尚眼里的宝呵！我们试量其一株，周围共十八英尺。过大树为黄龙潭，是一处阴凉的溪濑。我坐石上洗脚，水寒冷使人战栗。

从此回牯岭，仍住胡金芳旅社。三日之游遂完了。牯岭此时还不到时候，故我们此时不去游览，只好留待将来。我们本想明天下山时绕道去游慧远的东林寺，但因怕船到在上午，故决计直下山到九江，东西二林留待将来了。

我作《庐山游记》，不觉写了许多考据。归宗寺后的一个塔竟费了我几千字的考据！这自然是性情的偏向，很难遏止。庐山有许多古迹都很可疑；我们有历史考据癖的人到了这些地方，看见了许多捏造的古迹，心里实在忍不住。陈氏《庐山指南》云：

> 查庐山即古之敷浅原……今在紫霄峰上（山之北部）尚有石刻“敷浅原”三字，足以证此。
>
> （页一一二）

这里寥寥四十个字，便有许多错误。紫霄峰即是归宗寺后的高峰，即今日所谓金轮峰，考证见上文，并不在“山之北部”。康熙时李滢作《敷浅原辩》，引《南康旧志》说，

> 山南紫霄峰有“敷浅原”三大字，未详何时劖石。

这句话还有点存疑的态度。陈氏不知紫霄峰在何处，自然不曾见此三字。即使他见了这三字，也不能说这三字“足以证此”。一座山上刻着“飞来峰”三个大字，难道我们就相信此三字“足以证”此山真是飞来的了？又如御碑亭上，明太祖刻了近二千字的《周颠仙人传》，一个皇帝自己说的话，不但笔之于书，并且刻之于石；难道这二千字石刻就“足以证”仙人真有而“帝王自有真”了吗？

一千八百多年前，王充说的真好：

> 世间书传，多若等类；浮妄虚伪没夺正是。心溃涌，笔手扰，安能不论？论则考之以心，效之以事；浮虚之事，辄立证验。
>
> （《论衡·对作篇》）

我为什么要做这种细碎的考据呢？也不过“心溃涌，笔手扰”，忍耐不住而已。古人诗云：

> 无端题作木居士，便有无穷求福人。

黄梨洲《题东湖樵者祠》诗云：

姓氏官名当世艳，一无凭据足千年。

这样无限的信心便是不可救药的懒病，便是思想的大仇敌。要医这个根本病，只有提倡一点怀疑的精神，一点“打破砂锅问到底”的习惯。

昨天（四月十九日）《民国日报》的“觉悟”里，有常乃德先生的一篇文章，内中很有责备我的话。常先生说：

> 将一部《红楼梦》考证清楚，不过证明《红楼梦》是记述曹雪芹一家的私事而已。知道了《红楼梦》是曹氏的家乘，试问对于二十世纪的中国人有何大用处？……试问他（胡适之）的做《〈红楼梦〉考证》是“为什么”？

他又说：

> 《（红楼梦）考证》之类的作品是一种“玩物丧志”的小把戏；唱小丑打边鼓的人可以做这一类的工作，而像胡先生这样应该唱压轴戏的人，偏来做这种工作，就未免太不应该了。

常先生对于我的《（红楼梦）考证》这样大生气，他若读了我这篇《庐山游记》，见了我考据一个塔的几千字，他一定要气的胡子发抖了（且慢，相别多年，常先生不知留了胡子没有，此句待下回见面时考证）。

但我要答复常先生的质问，我为什么要考证《红楼梦》。

在消极方面，我要教人怀疑王梦阮、徐柳泉、蔡孑民一班人的谬说。

在积极方面，我要教人一个思想学问的方法。我要教人疑而后信，考而后信，有充分证据而后信。

我为什么要替《水浒传》作五万字的考证？我为什么要替庐山一个塔作四千字的考证？我要教人一个思想学问的方法。我要教人知道学问是平等的，思想是一贯的，一部小说同一部圣贤经传有同等的学问上的地位，一个塔的真伪同孙中山的遗嘱的真伪有同等的考虑价值。肯疑问佛陀耶舍究竟到过庐山没有的人，方才肯疑问夏禹是神是人。有了不肯放过一个塔的真伪的思想习惯，方才敢疑上帝的有无。

十七，四，二十，补记

平缓路旅行小记

从七月三日到七月七日，我们几个朋友——金旬卿先生，金仲藩先生和他的儿子建午，任叔永先生和他的夫人陈衡哲女士，我和我的儿子思杜，共七人——走遍了平绥铁路的全线，来回共计一千六百公里。我们去的时候，一路上没有停留，一直到西头的包头站；在包头停了半天，回来的路上在绥远停了一天，大同停了大半天，张家口停了几个钟头，这是很匆匆的旅行，谈不到什么深刻的观察，只有一些初次的印象，写出来留作后日重游的资料（去年七月，燕京大学顾颉刚、郑振铎、吴文藻、谢冰心诸先生组织了一个平绥路沿线旅行团，他们先后共费了六星期。游览的地方比我们多。冰心女士有几万字的《平绥沿线旅行记》；郑振铎先生等有《西北胜迹》，都是平绥路上游人不可少的读物）。

我们这一次同行的人都是康乃尔大学的旧同学，也可以说是一个康乃尔同学的旅行团。金旬卿先生（涛）是平绥路的总工程师，他是我们康乃尔同学中的前辈。现任的平绥路局长沈立孙先生（昌）也是康乃尔的后期同学。平绥路上向来有不少的康乃尔同学担任机务工务的事，这两年来平绥路的大整顿更是沈金两位努力的成绩。我们这一次旅行的一个目的是要参观这几个同学在短时期中造成的奇绩。

平绥路自从民国十二年以来，屡次遭兵祸，车辆桥梁损失最大。民国十七八年时，机车只剩七十二辆，货车只剩五百八十三辆（抵民国十三年的三分之一），客车只剩三十二辆（抵民国十五年的六分之一），货运和客运都不能维持了。加上政治的紊乱，管理的无法，债务的累积，这条铁路就成了全国最破坏最腐败的铁路。丁在君先生每回带北大学生去口外作地质旅行回来，总对我们诉说平绥路的腐败情形；他在他的《苏俄游记》里，每次写火车上的痛苦，也总提出平绥路来作比较。我在北平住了这么多年，到去年才去游长城，这虽然是因为我懒于旅行，其实一半也因为我耳朵里听惯了这条路腐败的可怕。

但我们这一次旅行平绥路全线，真使我们感觉一种奇绩的变换。车辆（机车、货车、客车）虽然还没有完全恢复此路全盛时的辆数，然而修理和购买的车辆已可以勉强应付全路的需要了。特别快车的整理，云岗与长城的特别游览车的便利，是大家知道的。有一些重要而人多忽略的大改革，是值得记载的：

（一）枕木的改换。全路枕木一百五十多万根，年久

> 了，多有朽坏；这两年中，共换了新枕木六十万根。（二）造桥。全路约有桥五百孔，两年中改造的已有一百多孔；凡新造的桥，都用钢梁，增加原有的载重量。（三）改线。平绥路有些地方，坡度太陡，弯线太紧，行车很困难，故有改路线的必要。最困难的是那有名的“关沟段”（自南口起至康庄止）。这两年中，改线的路已成功的约有十一英里。

平绥路的最大整顿是债务的清理。这条路在二十多年中，借内外债总额为七千六百余万元。当金价最高时，约值一万万元，而全路的财产不过债六千万元。所以人都说平绥是一条最没有希望的路。沈立孙局长就职后，他决心要整理本路的债务。他的办法是把债务分作两种，本金在十万元以上的债款为巨额债户，十万元以下的为零星债户。零星债款的偿还有两个办法：一为按本金折半，一次付清，不计利息；一为按本金全数分六十期摊还，也不计利息。巨额债款的偿还办法是照一本一利分八百期摊还。巨额债户之中，有几笔很大的外债，如美国的泰康洋行，如日本的三井洋行与东亚兴业株式会社，都是大债主。大多数债户对于平绥路，都是久已绝望的，现在平绥路有整理债务的方案出来，大家都喜出望外，所以都愿意迁就路局的办法。所以第一年整理的结果，就清理了六十二宗借款，原欠本利总数为六千一百八十五万余元，占全路总债额约十分之八，清理之后，减折作三千六百三十万余元。所以一年整理的结果居然减少了二千五百五十余万元的负债，这真可说是一种奇绩了。

我常爱对留学回来的朋友讲一个故事。十九世纪中，美国有一个宗教运动，叫做“牛津运动”（Oxford Movement），其中有一个领袖就是后来投入天主教，成为主教的牛曼（Cardinal Newman）。牛曼和他的同志们做了不少的宗教诗歌，写在一本小册子上；在册子的前面，牛曼题了一句荷马的诗，他自己译成英文：You shall see the difference，now that we are back again，我曾译成中文，就是：“现在我们回来了，你们请看，要换个样子了。”我常说，个个留学生都应该把这句话刻在心上做我们的口号。可惜许多留学回来的朋友都没有这种气魄敢接受这句口号。这一回我们看了我们的一位少年同学（沈局长今年只有三十一岁）在最短时期中把一条最腐败的铁路变换成一条最有成绩的铁路，可见一二人的心力真可以使山河变色，牛曼的格言是不难做到的。

当然，平绥路的改革成绩不全是一二人的功劳。最大的助力是中央政治的权力达到了全路的区域。这条路经过四省（河北、察、山西、绥），若如从前的割据局势，各军队可以扣车，可以干涉路政，可以扣留路款，可以随便作战，那么，虽有百十个沈昌，也不会有成绩。现在政治统一的势力能够达到全路，所以全路的改革能逐渐实行。现在平绥路每月只担负北平军分会的经费六十万元，此外各省从不闻有干涉铁路收入的事；察哈尔和绥远两个省政府各留一辆包车，此外也绝无扣车的事。现在各省的军政领袖也颇能明白铁路上的整顿有效就是直接间接的增加各省府的财政收入，所以他们也都赞助铁路当局的改革工作。这都可见政治统一是内政一切革新的基本条件。有了这个基本条件，加上个人的魄力与新式的知识训练，肯做事的人断乎不怕没有好成绩的。

我们这回旅行的另一个目的是游览大同的云冈石窟。我个人抱了游云冈的心愿，至少有十年了，今年才得如愿，所以特别高兴。我们到了云冈，才知道这些大石窟不是几个钟头看得完的，至少需要一个星期的详细攀登赏玩，还要带着很好的工具，才可以得着一些正确的印象。我们在云岗勾留了不过两个多钟头，当然不能作详细的报告。

云岗在大同的西面，在武州河的西岸，古名武州塞，又称武州山。从大同到此，约三十里，有新修的汽车路，虽须两次涉武州河，但道路很好，大雨中也不觉得困难。云岗诸石窟，旧有十大寺，久已毁坏。顺治八年总督佟养量重修其一小部分，称为石佛古寺。这一部分现存两座三层楼，气象很狭小简陋，决不是原来因山造寺的大规模。两楼下各有大佛，高五丈余，从三层楼上才望见佛头。这一部分，清朝末年又重修过，大佛都被装金，岩上石封各佛也都被装修涂彩，把原来雕刻的原形都遮掩了。

道宣《续高僧传》卷一《昙曜传》说：

> 昙曜……住恒安石窟通乐寺，即魏帝之所造也。去恒安西北三十里，武州山谷北面石岩，就而镌之，建立佛寺，名曰灵岩。龛之大者，举高二十余丈，可受三千许人。面别镌象，穷诸巧丽；龛别异状，骇动人神。栉比相连，三十余里。东头僧寺，恒供千人。碑碣现存，未卒陈委。

以我们所见诸石窟，无有“可受三千许人”的龛，也无有能“恒供千人”的寺。大概当日石窟十寺的壮丽宏大，已非我们今日所能想象了。大凡一个宗教的极盛时代，信士信女都充满着疯狂的心理，烧臂焚身都不顾惜，何况钱绢的布施？所以六朝至唐朝的佛寺的穷极侈丽，是我们在这佛教最衰微的时代不能想象的。北魏建都大同，《魏书·释老志》说，当太和初年（四七七），“京城内寺，新旧且百所，僧尼二千余人。四方诸寺六千四百七十八，僧尼七万七千二百五十八人”。太和十七年（四九三）迁都洛阳，杨衒之在《洛阳伽蓝记》序中说：“京城表里凡有一千余寺。”杨衒之在东魏武定五年（五四七）重到洛阳，他只看见：

> 城廓崩毁，官室倾覆，寺观灰烬，庙塔丘墟。墙被蒿艾，巷罗荆棘。野兽穴于荒阶，山鸟巢于庭树，游儿牧竖踯躅于九逵，农夫耕稼艺黍于双阙。

我们在一千五百年后来游云岗，只看见这一座很简陋的破寺，寺外一道残破的短墙，包围着七八处大石窟；短墙之西，还有九个大窟，许多小窟，面前都有贫民的土屋茅蓬，猪粪狗粪满路都是，石窟内也往往满地是鸽翎与鸽粪，又往往可以看见乞丐住宿过的痕迹。大像身上有许多大大小小的圆孔，当初都是镶嵌珠宝的，现在都挖空了；大像的眼球都是用一种黑石磋光了嵌进去的，现在只有极少数还存在了。诸窟中的小像，凡是砍得下的头颅，大概都被砍下偷卖掉了。佛力久已无灵，老百姓没有饭吃，要借诸佛的头颅和眼珠子卖几块钱来活命，还不是很正当的吗？

日本人佐藤孝任曾在云岗住了一个月，写了一部《云岗大石窟》（华北正报社出版），记载此地石窟的情形很详细，附图很多，有不能照相的，往往用笔速写勾摹，所以是一部很有用的云岗游览参考书。佐藤把云岗分作三大区：

东方四大窟

中央十大窟（在围墙内）

西方九大窟

西端诸小窟

东方诸窟散在武州河岸，我们都没有去游。西端诸窟，我们也不曾去。我们看的是中央十窟和西方九窟。我们平日在地理书或游览书上最常见的露天大佛（高五丈多），即在西方的第九窟。我们看这露天大石佛和他的背座，可以想象此大像当日也曾有龛有寺，寺是毁了，龛是被风雨侵蚀过甚（此窟最当北风，故受侵蚀最大），也坍塌了。

依我的笨见看来，此间的大佛都不过是大的可惊异而已，很少艺术的意味。最有艺术价值是壁上的浮雕，小龛的神像，技术是比较自由的，所以创作的成分往往多于模仿的成分。

中央诸窟，因为大部分曾经后人装金涂彩，多不容易看出原来的雕刻艺术。西方诸窟多没有重装重涂，又往往受风雨的侵蚀，把原来的斧凿痕都销去了，所以往往格外圆润老拙的可爱。此山的岩石是砂岩，最容易受风蚀，我们往往看见整块的几丈高岩上成千的小佛像都被磨蚀到仅仅存一些浅痕了。有许多浮雕连浅痕也没有了，我们只能从他们旁边雕刻的布置，推想当年的痕迹而已。

因此我们得两种推论：

第一，云岗诸石窟是一千五百年前的佛教美术的一个重要中心，从宗教史和艺术史的立场，都是应该保存的。一千五百年中，天然的风蚀，人工的毁坏，都已糟蹋了不少了。国家应该注意到这一个古雕刻的大结集，应该设法保护它，不但要防人工的继续偷毁，还要设法使它可以避免风雨沙日的侵蚀。

第二，我们还可以作一个历史的推论。唐初的道宣在《昙曜传》里说到武州山的石窟寺，有“碑碣见存”的一句话。何以今日云岗诸窟竟差不多没有碑记可寻呢？何以古来记录山西金石的书（如胡聘之的《山右石刻丛编》）都不曾收有云冈的碑志呢？我们可以推想，当日的造像碑碣，刻在砂岩之上，凡露在风日侵蚀之下的，都被自然磨灭了。碑碣刻字都不很深，浮雕的佛像尚且被风蚀了，何况浅刻的碑字呢？

马叔平先生说，云岗现存三处古碑碣。我只见一处。郑振铎先生记载着“大茹茹”刻石，可辨认的约有二十字，此碑我未见。其余一碑，似乎郑先生也未见，我见的一碑在佐藤书中所谓“中央第七窟”的石壁很高处，此壁在里层，不易被风蚀，故全碑约三百五十字，大致都还可读。此碑首行有“邑师法宗”四字，似乎是撰文的人。文中说：

> 太和七年（四八三）岁在癸亥八月三十日邑□信士女等五十四人……遭值圣主，道教天下，绍隆三宝……乃使长夜改昏，久寝斯悟。弟子等……意欲仰酬洪泽……是以共相劝合，为国兴福，敬造石庿形象九十五区，及诸菩萨……

造像碑文中说造型像九十五区，证以龙门造像碑记，“区”字后来多作“躯”字，此指九十五座小像，“及诸菩萨”乃是大像。此碑可见当日不但帝后王公出大财力造此大石窟，还有不少私家的努力，如此一大窟乃是五十四个私人的功力，可以想见当日信力之强，发愿之弘大了。

云岗旧属朔平府左云县。关于石窟的记载，《山西通志》（雍正间觉罗石麟修）与《朔平府志》都说：

> 石窟十寺……后魏建，始神瑞（四一四—四一五），终正光（五二〇—五二四），历百年而工始竣。其寺一同升，二灵光，三镇国，四护国，五崇福，六童子，七能仁，八华严，九天官，十兜率。孝文帝亟游幸焉。内有元时石佛二十龛（末句《嘉庄一统志》，作“内有元载所修石佛十二龛”。元载是唐时宰相。《一统志》似有所据，《通志》与《府志》似是妄改的）。

神瑞是在太武帝毁佛法之前，而正光远在迁都洛阳之后。旧志所记，当有所本。大概在昙曜以前，早已有人依山岩凿石龛刻佛像了。毁法之事（四四六—四五一）使一般佛教徒感觉到政治权力可以护法，也可以根本铲除佛法。昙曜大概从武州塞原有的石龛得着一个大暗示，他就发大愿心，要在那坚固的砂岩之上，凿出大石窟，雕出绝大的佛像，要使这些大石窟和大石像永永为政治势力所不能摧毁。《魏书·释老志》记此事的年月不很清楚，大概他干这件绝大工程当在他做“沙门统”的任内。《释老志》记他代师贤为“沙门统”，在和平初年（约四六〇），后文又记尚书令高肇引“故沙门统昙曜昔于承明元年（四七六）奏”，可知昙曜的“沙门统”至少做了十七八年。这是国家统辖佛教徒的最高官，他又能实行一种大规模的筹款政策（见《释老志》），所以他能充分用国家和全国佛教徒的财力来“凿山石壁，开窟五所，镌造佛像各一，高者七十尺，次六十尺，雕饰奇伟，冠于一世”。我们可以说，云岗的石窟虽起源在五世纪初期，但伟大的规模实创始于五世纪中叶以后昙曜作沙门统的时代。后来虽然迁都了，代都的石窟工程还继续到六世纪的初期，而洛都的皇室与佛教徒又在新京的伊阙山“准代京灵岩寺石窟”开凿更伟大的龙门石窟了（龙门石窟开始于景明初，当西历五百年，至隋唐尚未歇）。故昙曜不但是云冈石窟的设计者，也可以说是伊阙石窟的间接设计者了。

昙曜凿石作大佛像，要使佛教和岩石有同样的坚久，永永不受政治势力的毁坏。这个志愿是很可钦敬的。只可惜人们的愚昧和狂热都不能和岩石一样的坚久！时势变了，愚昧渐渐被理智风蚀了，狂热也渐渐变冷静了。岩石凿的六丈大佛依然挺立在风沙里，而佛教早已不用“三武一宗”的摧残而自己毁灭了，消散了。云岗伊阙只够增加我们吊古的感喟，使我们感叹古人之愚昧与狂热真不可及而已！

二十四，七，二十八夜

漫游的感想

东西文化的界线

我离了北京，不上几天，到了哈尔滨。在此地我得了一个绝大的发现：我发现了东西文明的交界点。

哈尔滨本是俄国在远东侵略的一个重要中心。当初俄国人经营哈尔滨的时候，早就预备要把此地辟作一个二百万居民的大城，所以一切文明设备，应有尽有；几十年来，哈尔滨就成了北中国的上海。这是哈尔滨的租界，本地人叫作“道里”，现在租界收回，改为特别区。

租界的影响，在几十年中，使附近的一个村庄逐渐发展，也变成了一个繁盛的大城。这是“道外”。

“道里”现在收归中国管理了，但俄国人的势力还是很大的，向来租界时代的许多旧习惯至今还保存着。其中的一种遗风就是不准用人力车（东洋车）。“道外”的街道上都是人力车。一到了“道里”，只见电车与汽车，不见一部人力车。道外的东洋车可以拉到道里，但不准再拉客，只可拉空车回去。

我到了哈尔滨，看了道里与道外的区别，忍不住叹口气，自己想道：这不是东方文明与西方文明的交界点吗？东西洋文明的界线只是人力车文明与摩托车文明的界线——这是我的一大发现。

人力车又叫作东洋车，这真是确切不移。请看世界之上，人力车所至之地，北起哈尔滨，西至四川，南至南洋，东至日本，这不是东方文明的区域吗？

人力车代表的文明就是那用人作牛马的文明。摩托车代表的文明就是用人的心思才智制出机械来代替人力的文明。把人作牛马看待，无论如何，够不上叫作精神文明。用人的智慧造出机械来，减少人类的苦痛，便利人类的交通，增加人类的幸福——这种文明却含有不少的理想主义，含有不少的精神文明的可能性。

我们坐在人力车上，眼看那些圆颅方趾的同胞努起筋肉，弯着背脊梁，流着血汗，替我们做牛做马，拖我们行远登高，为的是要挣几十个铜子去活命养家——我们当此时候，不能不感谢那发明蒸汽机的大圣人，不能不感谢那发明电力的大圣人，不能不祝福那制作汽船汽车的大圣人：感谢他们的心思才智节省了人类多少精力，减除了人类多少苦痛！你们嫌我用“圣人”一个字吗？孔夫子不说过吗！“制而用之谓之器，利用出入，民咸用之，谓之神。”孔老先生还嫌“圣”字不够，他简直要尊他们为“神”呢!

摩托车的文明

去年八月十七日的伦敦晚报（Evening Standard）有下列的统计：

全世界的摩托车共二四五九〇〇〇〇辆。

全世界人口平均每七十一人有一辆摩托车。

美国每六人有车一辆。

加拿大与纽西兰每十二人有车一辆。

澳洲每二十人有车一辆。

今年一月十六日纽约的《国民周报》（The Nation）有下列的统计：

全世界摩托车	二七五〇〇〇〇〇
美国摩托车	二二三三〇〇〇〇

美国摩托车数占全世界百分之八十一。

美国人口平均每五人有车一辆。

去年（一九二六）美国造的摩托车凡四百五十万辆出口五十万辆。

美国的路上，无论是大城里或乡间，都是不断的汽车。《纽约时报》上曾说一个故事：有一个北方人驾着摩托车走过

Miami的一条大道，他开的速度是每点钟三十五英里。后面一个驾着两轮摩托车的警察赶上来问他为什么挡住大路。他说：“我开的已是三十五里了。”警察喝道：“开六十里！”

今年三月里我到费城（Philadelphia）演讲，一个朋友请我到乡间Haverford去住一天。我和他同车往乡间去，到了一处，只见那边停着一二百辆摩托车。我说：“这里开汽车赛会吗？”他用手指道：“那边不在造房子吗？这些都是木匠、泥水匠坐来做工的汽车。”

这真是一个摩托车的国家！木匠、泥水匠坐了汽车去做工，大学教员自己开着汽车去上课，乡间儿童上学都有公共汽车接送，农家出的鸡蛋、牛乳每天都自己用汽车送上火车或直送进城。十字街头，向来总有一两家酒店的；近年酒禁实行了，十字街头往往建着汽油的小站。车多了，停车的空场遂成为都市建筑的一个大问题。此外还发生了许多连带的问题，很能使都市因此改观。例如我到丹佛城（Denver），看见墙上都没有街道的名字，我很诧异。后来才看见街名都用白漆写在马路两边的“行道”（Pavement or Side Walk）的底下，为的是要使夜间汽车灯光容易照着。这一件事便可以看出摩托车在都市经营上的影响了。

摩托车的文明的好处真是一言难尽。汽车公司近年通行“分月付款”的法子，使普通人家都可以购买汽车。据最近统计，去年一年之中美国人买的汽车有三分之二是分月付钱的。

这种人家向来是不肯出远门的。如今有了汽车，旅行便利了，所以每日工作完毕之后，回家带了家中妻儿，自己开着汽车，到郊外去游玩；每星期日，可以全家到远地旅行游览。例如旧金山的“金门公园”，远在海滨，可以纵观太平洋上的水光岛色；每到星期日，四方男女来游的真是人山人海！这都是摩托车的恩赐。这种远游的便利可以增进健康，开阔眼界，增加知识——这都是我们在轿子文明与人力车文明底下想象不到的幸福。

最大的功效还在人的官能的训练。人的四肢五官都是要训练的；不练就不灵巧了，久不练就迟钝麻木了。中国乡间的老百姓，看见汽车来了，往往手足失措，不知道怎样回避；你尽着呜呜地压着号筒，他们只听不见；连街上的狗与鸡也只是懒洋洋地踱来摆去，不知避开。但是你若把这班老百姓请到上海来，请他们从先施公司走到永安公司去，他们便不能不用耳目手足了。走过大马路的人，真如《封神传》上黄天化说的“须要眼观四处，耳听八方”。你若眼不明，耳不聪，手足不灵动，必难免危险。这便是摩托车文明的训练。

美国的汽车大概都是各人自己驾驶的，往往一家中，父母子女都会开车。人工贵了，只有顶富的人家可以雇人开车。这种开车的训练真是“胜读十年书”！你开着汽车，两手各有职务，两脚也各有职务，眼要观四处，耳要听八方，还要手足眼耳一时并用，通力合作。你不但要会开车，还要会修车；随你是什么大学教授，诗人诗哲，到了半路车坏的时候，也不能不卷起袖管，替机器医病。什么书呆子、书踱头、傻瓜，若受了这种训练，都不会四体不勤，五官不灵了。你们不常听见人说大学教授“心不在焉”的笑话吗？我这回新到美国，有些大学教授如孟禄博士等请我坐他们自己开的车，我总觉得有点栗栗危惧，怕他们开到半路上忽然想起什么哲学问题或天文学问题来，那才危险呢！但是我经过几回之后，才觉得这些大学教授已受了摩托车文明的洗礼，把从前的“心不在焉”的呆气都赶跑了，坐在轮子前便一心在轮子上，手足也灵活了，耳目也聪明了！猗欤休哉！摩托车的教育！

东方人的“精神生活”

我到纽约后的第十天——一月二十一日——《纽约时报》上登出一条很有趣味的新闻：

> 昨天下午一点钟，纽吉赛邦的恩格儿坞（Englewood，N. J.）的山郎先生住宅面前，围了许多男男女女、小孩子、小狗，等着要看一位埃及道人（Fakir）名叫哈密（Hamid Bey）的被活埋的奇事。
>
> 哈密道人站在那掘好的坟坑的旁边；微微的雨点洒在他的飘飘的长袍上。他身边站着两个同道的助手。
>
> 人越来越多了。到了一点一分的时候，哈密道人忽然倒在地下，不省人事了。两个请来的医生同了三个报馆访

员动手把他的耳朵、鼻子、嘴，都用棉花塞好。随后便有人来把哈密道人抬下坟坑，放在坑里的内穴里。他脸上撒了一薄层的沙。内穴上面用木板盖好。

内穴上面还有三尺深的空坑，他们也用泥土填满了。填满了后，活埋的工作算完了。

到场的许多人都走进山郎先生的家里去吃茶点。山郎夫人未嫁之前就是那位绰号“千眼姑娘”的李麻小姐。她在那边招待来宾，大家谈着“人生无涯”一类的问题，静候那活埋道人的复活。

一点钟过去了……一点半过去了……两点钟过去了……

到了下午四点，三个爱耳兰的工人动手把坟掘开。三个黑种工人站在旁边陪着——也许是给那三个白种同伴镇压邪鬼罢。

四点钟敲过不久，哈密道人扶起来了。扶到了空气里，他便颤动了，渐渐活过来了。他低低地喊了一声“胡帝尼”，微微一笑，他回生了。

他未埋之先，医生验过他的脉跳是七十二，呼吸是十八。复活之后，脉跳与呼吸仍是七十二与十八。他在坑里足足埋了两点五十二分。

这回的安排布置全是勒乌公司（Loew's）的杜纳先生办理的。杜纳先生说，本想同这位埃及道人订一个

“杂耍戏”的契约，不过还得考虑一会，因为看戏的人等不得三个钟头就都会跑光了。

哈密道人却很得意，他说他还可以活埋三天咧。

美国是个有钱的地方，世界各国的奇奇怪怪的宗教掮客都赶到这里来招揽信徒，炫卖花样。前一年，有个埃及道人名叫拉曼（Rahman）的，自称能收敛心神，停止呼吸。他当大众试验，闭在铁棺内，沉在赫贞河里，过一点钟之久。当时美国有大幻术家胡帝尼（Harry Houdini）研究此事，说这不是停止呼吸，乃是一种“浅呼吸”，是可以操练出来的。胡帝尼自己练习，到了去年夏间，他也公开试验：睡在铁棺里，叫人沉在纽约谢尔敦大旅馆的水池里，过了一点半钟，方才捞起来。开棺之后，依然复生，不过脉跳增加至一百四十二跳而已。胡帝尼的成绩比拉曼加长半点钟，颇能使人明白这种把戏不过是一种技术上的训练，并没有什么精神作用。

胡帝尼死后，这班东方道人还不服气，所以有今年一月二十日哈密道人的公开试验。哈密的成绩又比胡帝尼加长了八十二分钟，应该够得上和勒乌公司订六个月的“杂耍戏”的契约了，然而杜纳先生又嫌活埋三点钟太干燥无味了，怕不能号召看戏的群众！可惜！可惜！大概哈密先生和他的道友们后来仍旧回到东方去继续他们的“内心生活”了罢。

胡帝尼的试验的精神是很可佩服的。其实即使这班东方道人真能活埋三点钟以至三天，完全停止呼吸，这又算得什么精神生活？这里面哪有什么“精神的份子”？泥里的蚯蚓，以至一切冬天蛰伏的爬虫，不是都能这样吗？